Re:Birth
リバース
上位世界から下位世界へ

kobayashi takashi
小林 誉

Illustration：海鵜げそ

Main Characters
主な登場人物
アミル
駆け出し冒険者。18歳。
明るい性格のムードメーカー。
体を張って前線で戦う。
レレーナ
アミルの幼馴染。
17歳。
幼い日から
冒険者に憧れ、
アミルと共に
その夢を叶える。
エスト
本編の主人公。
15歳（精神年齢30歳）。
上位世界（地球）からの転生者。
経験値が増加するスキルを持つ。

ディアベル
妖艶なダークエルフ。
200歳。
戦争に敗れ奴隷と
なった元軍人。
男勝りな口調で話す。
シャリー
天真爛漫な犬族の娘。6歳。
牢で出会ったディアベルを
姉のように慕う。
クレア
猫族の少女。14歳。
奴隷として運ばれる道中、
エストに命を救われる。

魔族領
光竜連峰
バックス
グリトニル
聖王国
リオグランド
アルゴス帝国
王都
ファータ
エスト転生地点
ルシア王国
コペル
シーティオ
ヴルカーノ
エレーミア
アーカディア大陸

年末で街中が騒がしく浮かれている中、俺だけが沈んだ顔をしていた。

俺こと真田信重《さなだのぶしげ》は今年で三十ちょうどになる、若くはないが中年と言われるには少し早い年齢だ。

苗字《みょうじ》がたまたま真田だったので、歴史好きな親に、字こそ違うが有名戦国武将と同じ名前をつけられた。完全に名前負けしてるが。

そんな俺が勤めているのは体育会系の企業で、頻繁《ひんぱん》に飲み会をやってるようなところだった。

今年の忘年会も他の社員が飲めや歌えの馬鹿騒ぎをしてるのを横目に見ながら、俺は一人ちびちびと酒を飲み、場になじめずに隅《すみ》の方で小さくなっていた。

そんな俺の態度が気に入らなかったのか、部長が「何か一発芸をやれ」と無茶ぶりしてきた。

普段から趣味といえば漫画や小説、アニメやゲームという自他共に認めるオタクな俺に対して、何を言うんだと思った。

しかし、逆らったり断ったりしたら雰囲気《ふんいき》を悪くするのが目に見えていたため、何をするか必死で考えた。

結局何も思いつかなかったので、ちょっと前にテレビで見た流行の歌を歌ってやり過ごすことにした。

当然のごとく面白くも何とも無い。そもそも芸ですらないので、周囲は残念な奴を見る目を俺に向け、白けきった。

こうなるのがわかっていてやらせたんだろうな、と思いつつ部長の顔を見てみると、人をさらし者にした事で気が晴れたのか、ムカつく笑みを浮かべてこっちを見ていた。

糞《くそ》が！　なんで俺がこんな目に遭《あ》うんだ。

忘年会がお開きになり、仲の良い者同士で帰路につく連中を横目で見ながら、俺は足早にその場を離れた。

あいつらの幸せそうな顔を見ていると、訳のわからない敗北感が湧いてくる。叫び出したくなるのをこらえながら、俺は歩き続けた。

気分転換にヤケ酒でも飲もうとコンビニでビールとつまみを買って、我が家である安アパートを目指す。

缶ビールを開けてグビグビやりながら、宝くじでも当たらないかなと、くだらない妄想《もうそう》をしていた。

その時、妙な浮遊感があり足元の地面が消えた。

酒が入っていたから気がつかなかったのか、いつも歩いていた道にあるマンホールの蓋《ふた》が無かったのだ。

「え」

吸い込まれるように穴に落ち、そこで意識が途絶《とだ》えた。

……気がつくと、俺は六畳《じょう》ほどの広さの部屋にいた。扉も窓も蛍光灯《けいこうとう》も無いが明るい。

生活感が無く、まるで宇宙船のような部屋だった。

状況が理解できなかったので、とりあえず出口は無いのか調べようとしたら、突然女性の声が聞こえてきた。

「ようこそ。ここは転生の部屋です」

「は？」

何を言ってるんだ？　転生？　ラノベでよくあるアレの事か。てことは俺は死んだのか？

「疑問に思うのは当然ですが、まず、以前のあなたは死んだと思ってください。そして転生するチャンスを得たという事実を受け止めてください」

マジか。まさか自分がこんな目に遭うとは。たまにそんな妄想をしたことはあるが、現実化するとは思わなかった。

それにしても、マンホールに落ちて死ぬとか間抜け過ぎる死に方だな。

「あなたが落ちたのはただのマンホールではありません。世界には何ヶ所か、下位世界に繋《つな》がる穴が存在します。あなたはその内のひとつに落ちたのです」

「下位世界？」

よくわからない単語が出てきたな。

「簡単に説明します。世界とはいくつかの階層に分かれているのです。あなたの住んでいる世界にも稀《まれ》に世界的な天才が生まれるでしょう？　ああいった人間は上位世界から落ちてきた転生者なのです」

ってことは、歴史を変えた発明家や政治家、軍人や芸術家などの人間は転生者だったって事なのか。あいつらチートだったのかよ。ズルイな。

「もちろん全員ではありません。その一部がです。彼ら上位世界の人間が下位世界に転生する時、望む環境やスキルを与えられます。あなたの場合も下位世界に落ちたので、それらの能力を得ることが出来ます。何を望みますか？」

いきなり言われて戸惑ったが、行《い》きたい世界なら決まっている。

「当然、剣と魔法のファンタジー世界だ」

そこで無双できたら最高だろう。

「検索中……少々お待ちください。……一件該当あり。あなたの希望に合致した世界に、アーカディアという世界があります。人間、亜人、魔族から魔物と呼ばれる存在までが活動しています。文明レベルは現代の地球から千年ほど後《おく》れています。政情は安定している国と不安定な国が半々といったところです。ここにしますか？」

「そこでいい」

ひとつしかないなら決めるしかないだろう。

「話が早くて助かります。次に希望のスキルを設定します。ステータスには基本である『筋力』『知力』『幸運』の項目があり、それぞれ攻撃力や防御力、魔力といった値《あたい》に影響があります。今のあなたのステータスはこれです」

その言葉と同時に、目の前の何も無い空間にステータス画面が表示される。

まるでエロゲーのメッセージウインドウみたいだなと思いつつ、ちょっとワクワクしながら確認してみた。

●名前未定：レベル1
ＨＰ　18／18
ＭＰ　８／８
筋力：レベル１
知力：レベル１
幸運：レベル１

▼所持スキル
なし

うん、低いな。それにしてもまんま某国民的RPGじゃないか。

あのゲームを作った人はひょっとして……いや、やめておこう。

「次に希望するスキルを選んでください。最初に選べるのは以下のどれかです」

『HPアップ』『MPアップ』『筋力アップ』『知力アップ』『幸運アップ』『経験値アップ』と出た。

「少ないな」

「最初ですから。熟練度が上がると派生《はせい》スキルを獲得できる事があります。また、レベルが上がると獲得できるようになるスキルもあります。最初に選べるのはひとつだけです。どれにしますか？」

どうするべきか？

身の安全を考えるなら攻撃や防御を上げるべきだろうが、ひとつだけ毛色の違う『経験値アップ』というのが気になった。

「レベルに上限とかあるのか？」

「ありません。やり方次第でいくらでも強くなることが可能です」

なら決まりだな。最初は厳しいだろうが、時間が経《た》つにつれ有利になるだろう。

「経験値アップにする」

「わかりました。スキルを付与します」

●名前未定：レベル1
HP　18／18
MP　8／8
筋力：レベル1
知力：レベル1
幸運：レベル1
▼所持スキル
『経験値アップ：レベル1』


てことは、スキルにもレベルが存在するのか。

「次に、転生する環境を選んでください。貴族か平民か、裕福か貧乏《びんぼう》か。生まれたての状態からスタートするか、あらかじめ成長した状態でスタートするか。ちなみに種族は人間以外に選べません」

ちょっとがっかり。エルフとかの美形になってみたかったんだけど。

「環境によって何か違いがあるのか？」

「不利な環境を選ぶと特典がつきます」

何ソレ。すごい気になる。

「どんな特典なんだ?」

「秘密です」

何でもかんでも教えてくれる訳じゃないらしい。

「じゃあ家族は必要ない。歳は十五歳で。レベルの上げやすい環境にしてくれ」

今更見ず知らずの人間をお父さんお母さんと呼ぶのも気が引けるし、子供からやり直すのも面倒くさい。

「名前は何にしますか?」

日本人の名前だと違和感ありそうだしな。下手に目立つのもなんだし……。

「エストで」

愛車だったバイクから取ってやった。何かあれば偽名《ぎめい》を名乗ればいいだろう。

「わかりました。以上で終了です。最後に何か質問はありますか?」

色々とあっさりしすぎだと思ったが、どうしても気になることがひとつあった。

「なあ、あんたは神様なのか?」

「いいえ、私は世界間に組み込まれたシステムです。各世界には神と呼ばれる管理者が存在しますが、私は違います。それでは新たな人生を楽しんでください」

その言葉を最後に視界は光に溢れ、何も見えなくなった。

‡

視界を埋め尽くす真っ白い光が次第に収まっていく。恐る恐る目を開けた俺は、濃密《のうみつ》な自然の空気で溢れる森の中に居た。

慌てて自分の体を確認してみると、少し身長が低くなってるのか目線がいつもより低い。

服装もさっきまでとは違い、革で出来た服と厚手のローブをまとっていて、腰には短剣を装備している。

顔を撫でてみると凹凸《おうとつ》は普段と変わらない気がするので、顔の形は変わってないようだ。鏡がないので今は見れないが、水辺でもあれば確認してみよう。

次に、本当にステータスが表示されるのか試してみる。

口に出さずに「ステータス」と念じてみると、ステータスが眼前に表示された。

●エスト：レベル1
HP　18／18
MP　8／8

筋力：レベル1
知力：レベル1
幸運：レベル1
▼所持スキル
『経験値アップ：レベル1』


よし。お次は所持品の確認だ。

腰には麻袋《あさぶくろ》のような物がぶら提《さ》げられていて、その中には銅や銀の貨幣《かへい》が何枚か入っていた。

まだこの世界の物価がわからないので、大金なのか小銭なのかの判断もつかない。

後は干し肉と水の入った袋。飢《う》え死にする心配はしばらく無さそうだった。

袋に石を詰《つ》めて何処《どこ》まで入るか試したが、見た目通りの袋のようで、無限に入るアイテムボックス的なものではないらしい。

このへんは別のスキルやアイテムでカバーするのかな？

ま、いいか。とにかく新しい人生が始まったんだ。色んな事を試して楽しんでやろう。

まずは拠点となるべき場所を探さないとな。

このまま森を突っ切って行けば道くらいあるだろうと、俺は気楽に歩き始めた。

最初の拠点ぐらい簡単に見つかる……と思っていた時期もありました。が、行けども行けども道なんて見えてこないし動物もいない。

魔物の姿も見えない。レベルの上げやすい場所を希望したのにどうなってるんだ。

ゲームの序盤では大概《たいがい》目の前に街なり村なりあるんだが、そんな物は影も形も見えてこない。

最初のワクワクした気持ちなどとっくに無くなり、次第に疲労が溜《た》まってきた。

「腹……減ったな」

いい加減疲れたので、木に寄りかかって休憩にする事にした。袋から干し肉を取り出し、噛《か》み千《ち》切《ぎ》りながら水を飲む。

味は良くないけど文句を言っても仕方が無い。次にいつ食料と水が手に入るかわからないから、なるべく節約しないと。

出発しようと思って腰を上げかけたその時、ふいに背後の茂《しげ》みからガサガサという音が聞こえてきた。警戒して俺は姿勢を低くする。

音が段々近づいてきて間近まで迫った瞬間、茂みの中から突如として、人の頭ほどの大きさの粘《ねん》液《えき》の塊《かたまり》がこっち目掛けて飛んできた。

「うわっと！」

顔面に当たりそうになるのを慌ててかわして距離を取る。

明確な殺意をもって攻撃された。敵だ。

初めての実戦に体が震え出す。前世では小学生の時に喧嘩《けんか》したことがあるくらいで、格闘技の練習はおろか実戦など全く経験が無い。

震える手で短剣を腰の鞘《さや》から抜き放ち、襲い掛かってきた粘液の塊に向けて構える。剣の使い方なんか知らないけど、ぶっつけ本番でやるしかない。

「うわー……なにコレ」

これがスライムってやつかな？　緑色で可愛さの欠片《かけら》も無い。

中心には核と思われる、赤い石みたいなのがある。たぶんアレを破壊すれば死ぬんだろう。そして恐らく周りの緑色の部分に触れると、服が溶けてしまうんだろうな。

でも俺は女騎士でも何でもないし、そんな場面になっても誰得なんだって感じだが。

気合を入れてじっと見ると、相手のステータスが表示された。

『スライム：レベル1』

おいおい、名前とレベルしかわからないのか！

でも俺とレベルが同じなら何とかなるかもしれない。怖くはあったが、俺は覚悟を決めて力任せに切りかかった。

特に回避行動もとらないスライムの体に、吸い込まれるように剣の切っ先がめり込む。

核の部分を狙ったのだが、思うように振ることができず、粘液の部分に当たっただけだ。

俺の攻撃に驚いたスライムは跳び上がって反撃してきた。避けようとしたが肩の辺りに直撃を受けて吹っ飛ばされる。

「ぐぁっ！」

甘く見ていた。よくよく考えてみると、こいつと同じぐらいの大きさのバケツに水を入れて人にぶつければ、その人は大怪我《おおけが》してしまうだろう。

幸い当たったのは左肩で、剣を持つ利《き》き腕ではない。多少痺《しび》れているがまだ戦える。

急いで体を起こして立ち上がろうとするも、その間にスライムが再び突撃してきた。

慌てた俺は冷静さを完全に無くして滅茶苦茶に剣を振るった。もう狙いも何もあったもんじゃない。

目を閉じて剣を振り回すと、ガキッという音がして、硬い手ごたえと共に何かが砕ける感触があった。

急に力を無くして足元にぽとりと落ちたスライムを確認すると、どうやら俺の剣が偶然にも核を砕いたようだった。

「はぁ〜……危なかった……」

何とか生き残った事に安心したら、腰から力が抜けてその場に座り込んでしまった。すると突然目の前にステータスが表示された。

●エスト：レベル2
HP　24／24
MP　12／12
筋力：レベル1
知力：レベル1
幸運：レベル1
▼所持スキル
『経験値アップ：レベル1』『剣術：レベル1』


スライム一匹倒しただけでレベルアップしたのか。しかも剣術スキルってのが新たに付与されている。

これがどんな剣にも通用する汎用性《はんようせい》のあるスキルならいいんだが、それは別の武器を手に入れてから確認しよう。

HPとMPが増えているので少しは身体能力が上がったみたいだけど、まるで実感が無い。

筋力と知力のレベルには変化が無いので、微々たる変化なんだろうか？

それより気になったのはHPとMPが全快した事だ。どうやらレベルが上がると回復するらしい。

これなら多少無茶な戦い方をしても死ぬ確率は下がりそうだ。

ギリギリで強敵を倒しても生きて帰れなくなる……という状況は、レベルアップさえすれば回避できる可能性が高い。

自分の状態を色々確かめた後改めてスライムの残骸《ざんがい》を見てみると、核だけを残して粘液は地面に染み込んでしまったようだった。

この現象が全ての魔物に共通するのか気になるところだ。

価値があるかどうかわからないが、核だけを拾って道具袋に入れておく。ひょっとしたら取引に使えるかもしれないしな。

「よし、行くか」

さっきのはかなり情けない戦いだったと自分でも思うが、とりあえず初戦闘はこなした。この調子でレベルアップを目指そう。

とりあえずは森を抜けないといけない。俺は革袋を背負い直し、再び歩き始めた。

戦闘のゴタゴタでどっちから歩いてきたのかわからなくなってしまったので、とりあえず真っ直ぐ進む事にした。

その途中さっきと同じタイプのスライムに二度ほど遭遇して、何とか撃破に成功したら、またレベルが上がった。ステータスが表示される。

●エスト：レベル3
ＨＰ　31／31
ＭＰ　18／18
筋力：レベル1
知力：レベル1
幸運：レベル1
▼所持スキル
『経験値アップ：レベル1』『剣術：レベル1』

新たなスキルを獲得できます。次の中から選んでください。
『ＨＰアップ』
『ＭＰアップ』
『筋力アップ』
『知力アップ』
『幸運アップ』

新しいスキルは覚えられるが、今所持しているスキルを次の段階に上げるには、まだレベルが足りないのかもしれない。

ここは利便性を高めたいから知力アップかな？　道具作りもできるようになるかもしれないし。

てことで『知力アップ』を獲得することにすると、メッセージが追加で表示された。

『「知力アップ：レベル1」を獲得しました。特典として「マッピング：レベル1」のスキルを獲得しました』

「おぉ⁉」

マジか！　やっぱり知力を上げて正解だった。

しかし特典というのは転生時に説明されたアレか？　それとも単純に知力アップの影響なのか、いまいち獲得条件がわからないが、今回は素直に喜んでおこう。

さっそく頭の中で「マップ」と念じると、眼前に周辺の地図が表示された。

あまり範囲は広くない。この縮尺だと半径二百メートルほどだろうか。

中心にある青い丸が自分らしく、少し離れた所に赤く点滅する丸がいくつかある。たぶん敵だろう。

そしてもっとも気になったのが、地図の端っこのほうで点滅する黄色の丸だ。これ、ひょっとして建物じゃないのか？

建物があればそこを拠点に出来るかもしれない。今のままだと外でローブに包《くる》まって寝るしかないしな。

そうと決まれば黄色の丸を目指そう。マップを見て直進すればいいだけだ。

草をかき分け、行く手を遮《さえぎ》る木や岩をよじ登り意地でも直進して行く。

迂回《うかい》すればいいのかもしれないが、一度見失うと消えてしまうような恐怖に襲われ、遠回りなどする気になれなかった。

そんな努力の甲斐《かい》あって、しばらくすると汚らしい小屋が見えてきた。

崩れてはいないものの、かなりボロい。屋根があるだけましか。

それ以上に助かったのが裏手に川があったことだ。これで飲料水の心配をしなくてすむ。

鍵のかかっていない扉を開けて中に入ると、小屋の中には囲炉裏《いろり》と鉄製の鍋《なべ》、後は火打石《ひうちいし》らしきものがあった。

これで食べ物を煮《に》たり焼いたり出来るようになる。

小屋の広さも二～三人なら寝泊りできそうなスペースがあるので、窮屈《きゅうくつ》な思いはしなくてすみそうだ。

「これで一安心だな」

とりあえず拠点を確保したので、食料を探すついでに周囲の敵を始末しておこう。そうしないと、夜安心して寝られないしな。

まずマップ上で一番近くに表示された赤く点滅する丸に向かって進むと、そこに居たのはスライムではなく小型犬ほどの大きさの魔物だった。

ピットブルをさらに不細工《ぶさいく》にしたような外見だ。歯は口からはみ出ているし、体もゴツゴツしているので、ピットブルのような愛嬌《あいきょう》は皆無だった。

しかも目が赤く鈍く光っているので、まともな生物じゃないのは一目でわかる。

マップ上でも敵として表示されているので、倒してしまっても問題ないだろう。

大きさは小型犬並みだとしても、あの牙に噛まれたくはないので、不意を突くべく背後から音を立てずに忍び寄って行く。

ステータスを確認してみると『赤犬：レベル3』と出ていた。十分勝てる範囲だ。

一足で飛びかかれる距離まで近づいた俺は、あらかじめ抜いておいた剣を構えて思い切り駆けた。

今度は斬るのではなく突いてみる。短剣を腰だめに構え、体ごとぶつかる勢いで突進していく。

体が硬そうなこともあるし、一撃で致命傷を与えようと考えたのだ。

刃が刺さる直前に、こちらに気づいた赤犬が避けようとしたがもう遅い。短剣はそのまま深々と赤犬の背に突き立てられた。

「ギャワンッ！」

短く悲鳴を上げて赤犬は倒れ込んだ。体からどくどくと血を流してしばらく痙攣《けいれん》していたが、やがて動かなくなる。

魔物とはいえ初めて血の通《かよ》った生き物を殺したので少し罪悪感が芽生《めば》えたが、これも生き抜くためだと割り切った。

死体はスライムのように消え去ったりはしなかった。食べられるかもしれないので、首に切れ込みを入れて逆さづりにして血抜きをする。

実際に動物の解体などやった事は無かったが、以前見たテレビで猟師がやっていたのを思い出して再現してみた。出血が収まってから、食べられそうな部分を切り分ける。

「うええ……気持ちわる……」

かなりのグロさだったので途中何度か吐《は》きそうになったが我慢《がまん》できた。

これ毒とかないよな？　人間が食べても大丈夫なら良いんだけど。

解体していると、スライムの時と同じように体内から核が出てきた。若干材質が違う。これも念のために確保しておく事にした。

集中して解体していたから気がつかなかったけど、赤犬を倒してレベルアップしていたようだ。

●エスト：レベル4
HP　38／38
MP　25／25

筋力：レベル1
知力：レベル1（＋1）
幸運：レベル1
▼所持スキル
『経験値アップ：レベル1』『剣術：レベル1』
『知力アップ：レベル1』『マッピング：レベル1』

新たなスキルを獲得できます。次の中から選んでください。

『HPアップ』
『MPアップ』
『筋力アップ』
『知力アップ：レベル2』
『幸運アップ』
『剣術：レベル2』

『知力アップ：レベル1』のおかげか、ステータスの知力にプラス1の補正がかかっている。
剣術スキルのレベルアップにも魅力を感じたが、ここは更に知力を上げておきたい。どうもそこから派生スキルを獲得できる気がするのだ。

直接的な強さより、まずは色々と試せるようになりたい、という事で『知力アップ：レベル2』を取ることにした。


『「知力アップ：レベル2」を獲得したので、「火炎魔法：レベル1」を獲得しました』


おお！　とうとう魔法が使えるようになったのか。

火打石を手に入れたところだけど、これが使えれば火も起こせるし、お湯で体も洗える。これならなんとか生活できそうだ。


他の魔物を探す前に、火炎魔法を試す事にした。

周囲に燃え広がると困るので、川辺に下りて水に向けて撃ってみる。

「炎よ！」

何と唱えたものか迷ったが、ここはオーソドックスな感じでいこう。

ゴウッという音と共に、かざした手のひらの先から炎が噴き出す。

炎は数秒で消えたが、なかなかの熱量だった。

射程は一メートルぐらいだ。火力の調整は出来ないのかな？

今度は小さい火をイメージして唱えてみる。すると指先から、ライターより少し大きいぐらいの火が出た。火力の調整は問題なく出来るみたいだ。

少し疲れる感じがしたのでＭＰを確認してみると、今の二回の魔法で六ポイント減っていた。一回唱えると三ポイント減るのか。今のＭＰだと連発するのは厳しいな。

次に球体をイメージして唱えてみた。するとサッカーボール大の炎の玉が手のひらから出現した。維持する分にはＭＰの消費は無さそうだ。

落ち着いて水面目掛けて発射するイメージを思い浮かべると、なかなかの速度で飛び水面に激突した。

炎が散乱し、同時に水蒸気が立ち込める。速度は中学生のピッチャーほどだろうか。

とにかく、ひとつの魔法でも色々と応用が利くのがわかったことは大きい。

最後に詠唱無し、いわゆる無詠唱というやつに挑戦することにした。頭の中で火の玉をイメージして作り出すところまでは成功したが、飛ばす途中で火が消えてしまった。

何度かやってる内に成功したが、それでわかった事がある。

イメージが鮮明でないと成功しないのだ。つまりは想像力が豊かなほど魔法は成功するし、威力も上がる。

少し疲れたので休憩することにした。干し肉をかじりながらステータスを確認してみる。

●エスト：レベル4
HP　38／38
MP　16／25
筋力：レベル1
知力：レベル1（＋2）
幸運：レベル1
▼所持スキル
『経験値アップ：レベル1』『剣術：レベル1』

『知力アップ：レベル2』『マッピング：レベル1』

『火炎魔法：レベル1』『無詠唱：レベル1』


休憩したおかげか、MPが少し回復している。どうやら時間経過で回復するみたいだ。

それより気になったのが『無詠唱：レベル1』というスキルが付与されていたことだ。これを鍛《きた》えていけば、より簡単に魔法が発動できるかもしれない。

休憩も終わったので、マップに点在する敵を残らず狩りつくす事にした。

拠点である小屋を中心に、確認できた敵の数は全部で六。

実戦で魔法を試してみたかったが、森の中で炎の魔法は危険すぎるので全て剣で始末しておいた。

スライム三匹と赤犬三匹を倒すと、またレベルが上がった。やっとレベル5だ。

HPやMPには大きな変化が無かったので、今度は筋力アップを取ってみる。

すると思いがけず特殊なスキルが手に入った。


『「筋力アップ：レベル1」を獲得しました。特典として「隠密：レベル1」を獲得しました』


隠密？　よくわからないが、忍者みたいに動けるって事だろうか？

ものは試しとその場で剣の素振りをしたりダッシュをしたりしてみたが、レベルが上がりステータスも強化されているので、特別スキルの恩恵を感じない。

次にゆっくり動いてみると、装備品の音や足元の枯れ葉や枯れ枝を踏み潰す音が小さくなっているのが確認できた。なるほど、これはたぶん気配を消して隠れたい時に使えるスキルなんだな。

「疲れたな……」

周囲の安全も確保したし、今日はこの辺で休むとするか。その前に解体した赤犬の肉が食べられるか試してみよう。

小屋の周りで枯れ枝を集め囲炉裏に組み上げる。普通なら枯れ葉などの燃えやすい物に火をつけてから火力を大きくするんだろうけど、俺には魔法があるのでその手間は必要ない。

裏の川で汲《く》んで来た水を鍋にそそぎ、小さく切った肉を投入して煮てみる。

鍋の横では枝に突き刺した肉を火で炙《あぶ》る。串焼きだ。調味料が何も無いので他の調理法が無いのが残念だ。

火で炙られた肉からだんだん良い匂いがしてきたので、そちらから食べてみる。

硬い歯ごたえはあるものの、十分食べられる。味は鶏肉に近いだろうか。焼いただけなのにまあまあ美味しい。

何本かあった串焼きを綺麗《きれい》に平《たい》らげた後、火を消してから鍋の中の肉を食べてみた。

こっちは肉が凄《すご》く柔らかくなっていた。食べやすいが、旨みが流れ出てしまったのだろうか？

あまり味がしなかった。

「ふぅー……ま、何とかなりそうかな？」

すべて平らげて一服する。次の日に腹を下したりしないように祈ろう。

ステータスを確認してから、その日は寝る事にした。初日だから精神的にも肉体的にも疲れていたんだろう。横になった途端意識が無くなった。

●エスト：レベル5
HP　45／45
MP　40／40

筋力レベル2（＋1）
知力：レベル1（＋2）
幸運：レベル1
▼所持スキル
『経験値アップ：レベル1』『剣術：レベル1』
『知力アップ：レベル1』『マッピング：レベル1』
『火炎魔法：レベル1』『無詠唱：レベル1』
『隠密：レベル1』

‡

一週間が過ぎた。その間、湧いて出た魔物を狩ってスキルを獲得し、肉を食って腹を満たすというルーチンワークが出来上がっていた。

●エスト：レベル10
HP　120／120
MP　90／90

筋力レベル2（＋2）
知力：レベル3（＋2）
幸運：レベル1
▼所持スキル
『経験値アップ：レベル1』『剣術：レベル1』

『マッピング：レベル1』『火炎魔法：レベル1』

『無詠唱：レベル1』『筋力アップ：レベル2』

『隠密：レベル1』『知力アップ：レベル2』

『盾：レベル1』『氷結魔法：レベル1』


筋力が上がると、予想通り攻撃力と防御力に反映された。

赤犬との戦闘中、素肌の部分に噛みつかれたのに、少し凹《へこ》んだだけで血が出なかったのには驚いた。俺の体は想像以上に頑丈《がんじょう》になっているらしい。

盾スキルを獲得できたのはいいが、肝心の盾を持っていないから現状その有用性は確認できない。どこかで街に降りて盾を入手した時のお楽しみにしよう。

火炎系とは別系統の氷結魔法が使えるようになったのは大きかった。

試してみると、小さめの吹雪《ふぶき》で相手を凍らせるタイプと、鋭い氷の塊を飛ばして攻撃するタイプの二種類があった。

吹雪はレベルが低いせいか、凍らせるまでに長時間魔法を発動しないといけなかったので、あまり実戦的ではない。これはレベルを上げないかぎり、冷蔵庫代わりにしか使えないだろう。

氷の塊を出すタイプは、氷を任意の場所に置く事も出来た。

これを火炎魔法と併用すれば飲み水で困らなくなるはずだ。

魔物から採れる核も結構溜まってきた。価値のある物なら換金なりなんなりしないと勿体《もったい》無い……という事で、今度こそ人里を目指す事にした。

マップのおかげで周辺の地形ならだいたい把握できる。

それによるとマップ上では単なるスジに見えるが、実際のところ街道と思《おぼ》しき地形があったので、まずはそこを目指して歩いて行く。

レベルアップのおかげか、以前なら息切れしていたような距離も問題なく歩き続けられる。

たまに御馴染みの魔物が襲撃してきたが、片手間に倒せるぐらいには強くなっていた。

そうこうしてる内に街道に辿り着く。

マップから、森を東西に分断する一本の大きな道だとわかった。恐らくどちらに向かっても人里には辿り着けるだろう。

少し悩んだが南に行く事にした。やはり寒いより暖かい所が良い。

歩き続けている内に、俺は重要な事実を見落としていたことに今更気がついた。

人と接触したとしても言葉の問題があるだろう。異世界の言葉は話せないし、読み書きも出来ない。何とかならないのかと思ってステータスを開いてみると、メッセージが表示された。

『特典として、言語能力を付与します』


このタイミングでこのメッセージ。もしかして監視されているのだろうか？

転生した時、世界間のシステムを自称するあの声が、各世界には神と呼ばれる管理者が存在すると言っていたしな。

見世物《みせもの》になるのは正直面白くないが、気にしていてもしょうがない。今は言葉がわかる事をありがたく思おう。

それにしても、これで裕福な家庭などの環境を望んでいたら、言葉は自分で学習しないといけなかったんだろうか？　そう思うと一人だけで頑張った甲斐があるというものだ。

道中、魔物や盗賊に遭遇する事は無かった。比較的治安が良いのだろうか。

だんだん見えてきた少し大きめの集落は、簡単な柵《さく》で囲われている。戦闘で役に立つとも思えないので家畜《かちく》を逃がさないようにするためのものだろう。

農作業をしている大人が何人か見えた。その近くでは子供達が家畜の世話をしている。

彼らの外見は普通の人間だった。特に耳が尖《とが》っていたり肌の色が違ったりはしない。

畑にいる五十歳前後のおっちゃんに話しかけてみよう。この世界に来て初めて人と会話するので若干緊張したが、警戒心を与えないようにフレンドリーな感じを心がけた。

「こ、こんにちは～」

「こんにちは。あんた冒険者さんかい？　こんな何も無い村に何の用だい？」

良かった！　ちゃんと通じた。

話している口元を見ると声と合っていないが、ちゃんと日本語として聞こえる。まるで吹き替えの映画を見ているような感覚だ。

それよりこの人、今重要なキーワードを口にしたぞ。冒険者？　やはり定番の冒険者ギルドとかが存在するのだろうか？　これはもう少し情報を引き出さねば。

「ええ、そんなとこなんです。ちょっと近くで修業してて。ここにはギルドとかありませんか？」

ギルドがある前提でカマをかけてみた。

「いや、この村にはないなぁ。ここから更に南下すると、コペルっていう大きな街があるから、そこに行くといい」

やった！　ギルドがあった。当面は冒険者として生活していくことを目標にすれば良いだろう。

「そうですか。ありがとうございます。ところで、雑貨屋とかありませんか？」

「ああ、あるよ。宿屋の一階が雑貨屋になってる」

「助かりました。行ってみます」

礼を言うと、おっちゃんは手を振って農作業に戻っていった。

まずは核を買い取ってくれる商店を探さないとな。

ぽつぽつと家屋が立ち並ぶ中、他より少しだけ大きい建屋があった。これが宿屋兼雑貨屋だろう。

ギイィと軋《きし》んだ音を立てて扉を開けると、中にはいくつかのテーブルとカウンターがあった。この様子だと酒場も兼ねているんだろう。

それらを横目で見ながら、カウンターの中で仕込みをしているおばちゃんに声をかける。

「こんにちは。雑貨屋をやってるって聞いたんですが」

「やってるよ。何か入用かい？」

「これって買取できますか？」

俺は今まで魔物の残骸から回収してきた核を道具袋から取り出した。

「魔石だね。結構な量じゃないか！　この純度なら……そうだね、全部で小銀貨三枚と銅貨六枚で買うよ。泊まるならここから差し引いておくよ。一泊銅貨八枚。食事付なら小銀貨一枚。どうする？」

「じゃあ食事ありで一泊します。魔石は全部買い取ってください」

「あいよ」と言いながら、魔石というらしい核を回収するおばちゃんから貨幣を受け取る。

小銀貨って事は普通のサイズや大きいサイズもあるみたいだな。

「部屋は二階の一番奥。鍵は内側からしかかけられないし、貴重品は持ち歩いておくれよ。食事はここですませとくれ」

まだ明るいので寝るには早い。部屋で仮眠でも取るかと思ったが、その前にこれだけは聞いておかないと。

「あの……魔石って何に使うんですか？」

俺の言葉を耳にしたおばちゃんは唖然として口を開けている。あれ？　そんなに常識ハズレな事を言ったんだろうか。

「本気で言ってんのかい？　魔石ってのは色んな物の燃料として使うんだよ。明かりを灯《とも》したり火を起こしたり。武器に使われることもあるね。あんたどんな田舎《いなか》から出てきたんだい？　こんな事子供でも知ってるじゃないか」

知らないんだからしょうがないだろうと思ったが、このおばちゃんにそれを言うのは筋違《すじちが》いってもんだ。

「すいません、度忘れしてました」

とりあえず愛想笑いを返して部屋に向かうことにした。今は久しぶりのまともなベッドを堪能《たんのう》するとしよう。

ちょっと仮眠を取るつもりが、気がついたらもう夜になっていた。

腹が減ったので一階に下りると、仕事の終わった村人達が食事や酒を楽しんでいるのが見えた。

空《あ》いているテーブルに腰掛けておばちゃんに晩飯を頼む。

しばらくすると羊肉の入ったシチューと蒸《ふ》かした芋が出てきた。羊肉はちょっと臭《くさ》みがあるが、やはり調理された料理は物凄く美味《おい》しく感じる。

「足りねえ……」

あっと言う間に器《うつわ》を空《から》にして、追加料金を払って二杯目を頼む。

ついでに周りの人達が木のジョッキで飲んでいる酒が気になったので、それも注文してみた。

運ばれてきたエール酒は、炭酸の抜けたビールだった。正直あまり美味しいと思わないが、疲れた体にエールの冷たさが心地よかった。

冷蔵庫も無いのにどうやって冷やしているのか厨房《ちゅうぼう》を観察してみると、エールを注文された時だけ樽《たる》の入った木箱を開けて酒を注《そそ》いでいた。

おばちゃんの言ってた、魔石を利用して冷やす道具なのかもしれない。

黙々と食事している俺に、酔っ払った一人のおっちゃんが話しかけてきた。

「よお！　冒険者の兄ちゃん。飲んでるか⁉」

赤ら顔でかなり酒が回ってるようだ。この近距離でその声のボリュームはおかしいだろう。

「ええ、飲んでますよ。ここの食事は美味しいですね」

「そうだろそうだろ。全部この村で採れたモノなんだ。不味いはず無いんだよ」

褒《ほ》めるつもりは無かったが、結果的に気分を良くさせたみたいだった。おっちゃんは更に言葉を続ける。

「兄ちゃんはこれからコペルに向かうのか？　あそこは冒険者にとっちゃ、暮らしやすいだろうな」

「なんでですか？」

「なんだ、知らないのか？　あそこにはダンジョンがある。まだ誰も最下層に到達してないみたいだから、色んな冒険者が挑戦しに行くんだよ」

ダンジョンときたよ。いよいよ俺にも本格的な冒険の機会が巡ってきたな！

死んでその場に墓《はか》が出来たり、いしのなかにいるって状態にならないように気をつけないと。

その後おっちゃんは一方的に身の上話を続け、気がすむと自分の席に戻って行った。酔っ払いの相手は疲れるな。

俺は食事を終えて部屋に戻り、明日に備えて眠ることにした。

翌朝、宿を出る前におばちゃんに携帯食料はないかと尋ねると、カチカチのパンをいくつか渡された。

保存食として大丈夫かと思ったが、コペルの街までは徒歩で三日ほどらしい。その間持てばいいか。

村を後にして街道を南に向かう。途中で他の街道とも合流し、段々道が広く快適になってきた。

街が近づいて来ている証拠だろう。

そのまましばらく歩いていると、後ろから追いついてきた馬車と並走する形になった。

「よお兄ちゃん、街まで行くなら乗せてってやろうか？　小銀貨一枚でどうだ？」

「そうですね……じゃあ乗せてもらおうかな」

このままだとどのぐらい時間がかかるかわからないし、何より歩くのに飽きた。

すぐ決断して懐《ふところ》から貨幣を取り出し御者《ぎょしゃ》に渡すと、彼は笑顔で後ろに乗るよう指示して来た。

「お邪魔《じゃま》します……」

乗り込んだ馬車の中には、襤褸《ぼろ》をまとった裸同然の人間が数人いた。

何者かと思ったら、御者の男がそいつらはコペルの街で売る予定の奴隷だと言った。

どうやらこの御者は奴隷商のようだ。この世界には奴隷制度があるのかよ。

決してやましい気持ちは無いが、他にする事もなく彼らを観察した。

全員生気が無く、死んだ魚のような目をしている。

これからの悲惨な生活を想像して生きる気力を失っているのだろうか。絶望するのも仕方ないだろう。

彼らの年齢は、俺の親ぐらいから同じ歳ぐらいまで様々だ。

四十ぐらいの人間のおっちゃんとおばちゃん。俺と同じ十代半ばの人間の少年。

あと、体の大きな蜥蜴《とかげ》のような男？　だろうか。性別が判断し辛い。

そこまで観察したところで、最後の一人に目を奪われた。

なんとネコミミだったのだ。しかも尻尾《しっぽ》が生えているではないですか！　動いているのでコスプレではなく本物ですよ！

年齢は俺より少し下ぐらいだろうか？　薄汚れてはいるがかなりの美少女だ。

赤い髪をポニーテールにして、頭から生えるネコミミと尻尾の先は白い。そして瞳は綺麗な緑色をしていた。

初めて見る本物の獣人に目を奪われている俺に、奴隷商が説明してくれた。

彼女は猫族の獣人らしい。外見もいいし健康だし、今回の目玉商品だと自慢げに話していた。

人を商品として扱うのには抵抗があったが、異世界だからと無理矢理自分を納得させる。

ちなみに値段は金貨十枚との事だった。買えるか！

‡

馬車に揺られること数時間、ちょうどコペルまでの中間地点に着いたとの事で、今日はここで野営するらしい。

「兄ちゃん、悪いけど見張りを手伝ってくれ。人手が足りないんだ」

「え？　ええ、まあ……良いですよ」

面倒なので断りたかったが乗せてもらっている手前断りにくい。

専属の護衛は居ないのかと問うと、この辺りは治安が良いし、魔物も滅多に姿を現さないから安心なんだとか。護衛を雇うぐらいなら儲《もう》けに回した方がいいらしい。

多少不用心だとは思うが、そんなものなのかね。

見張りをすると言っても俺にはマップがあるから、実際に目を凝《こ》らして警戒する必要が無い。マップの反応にだけ注意しておけばいいだろう。とりあえずマップスキルは消さずに表示させておく。

二人一組で順番に交代しながら見張りをしていると、運の良いことに俺の相棒は気になっていた猫族の娘になった。多少緊張して焚《た》き火を挟んで向かい合う。

彼女は相変わらず生気のない表情で焚き火を見つめているだけだ。

ずっと黙っているのも気まずいので、こちらから話を振ってみよう。

「君の名前は何ていうの？」

「……クレアです。でも、買われたら新たに名前を付けられるので、別の名前になると思います」

「なんで奴隷になったのか聞いていい？」

「……いいですよ。よくある話ですけど」

ぽつりぽつりと話し始めたクレア。

彼女が住んでいた村は昔から貧しく、何とか食うに困らないという程度だった。だが二～三年前から不作が続き、村はジリ貧になっていったそうだ。

この調子で不作が続くと餓死者《がししゃ》が出るかもしれない。なんとかこの状況を打開しようとした村の人々は、高価な農機具（魔石入り）を借金して共同で購入。

これで農地を開墾《かいこん》しようとした矢先、魔物の襲撃を受けた。なんとか撃退したものの被害は甚大《じんだい》。買ったばかりの農機具も壊されたそうだ。

借金の返済を迫られるも当然返す当ては無い。誰かを人身御供《ひとみごくう》に差し出すしか無かったという訳だ。

「……両親や幼い兄弟達を守るためには、一番高く売れる私が奴隷になるのが良かったんです」

悲惨《ひさん》すぎてかける言葉が無い。

この世界には日本と違って自己破産制度も無いだろうから、一度しくじれば身の破滅なのだ。魔物もいるし、つくづく生きるのに厳しい世界なんだなと実感する。

「でも大丈夫です。返済が終われば奴隷から解放される事もあるんですよ？」

弱々しく微笑むクレアに、俺はそうだねと返事をすることしか出来なかった。

本心から解放されると思っているなら、そんな辛そうな顔は見せるはずが無いだろうに。

その時、表示したままのマップに赤い点滅が複数出現した。

「敵だ！」

鋭く短い警告を発すると、寝ていた連中が飛び起きる。クレアも慌てて護身用のナイフを手に取った。

「敵って、確かなのか⁉」

まだ半信半疑なのだろう、奴隷商が装備を確認しながら身を寄せてきた。ええい、寄るな鬱陶《うっとう》しい。

「何かまではわからん。だが確実に近づいてる！　数は二十を下らないぞ」

まいった。今まで一対一でしか戦った事無いんだよな。未知の敵を相手に初めての集団戦。どの程度戦えるだろうか。

最悪の場合は逃げるしかないが、せめてクレアだけでも逃がしてやりたい。

他は自力で何とかしてもらおう。俺は正義の味方でも何でもないんだから。

こっち側で戦力になりそうなのは、俺以外だと蜥蜴《とかげ》男に奴隷のおっさん、後は奴隷商ぐらいか。

俺と同じ歳ぐらいの少年は冒険者でもないんだから戦力に入れないほうがいいだろう。現に今もブルブル震えているし。

「包囲が狭まってる。もう視界に入りそうな距離……そっちだ！」

マップを確認するともう敵集団は至近距離まで迫っていた。焚き火の光が届くか届かない森の暗闇から、何者かが飛び出してくる。

「ゴブリンだっ！」

奴隷商が泣きそうな顔で叫んだ。

ゴブリン。ＲＰＧなどでは一般的な雑魚《ざこ》で知名度だけはある。体長百四十センチ程で浅黒い肌を持ち、錆《さ》びた剣や棍棒《こんぼう》などで武装している子鬼だ。

ゲームの知識だとこいつらは常に集団で行動する習性があったはず。てことは、運悪く群れに遭遇しちまったって事か。

「くらえっ！」

魔物相手に遠慮《えんりょ》はいらないので、さっそく覚えたばかりの氷結魔法で攻撃を始めた。

飛び出してきた最初の一匹の胸を貫《つらぬ》いて一撃で絶命させる。

二匹目、三匹目と氷結魔法を連続で撃つが、次から次と出てくるので追いつかない。

俺の魔法の発動より奴らの接近の方が速いのだ。

「クギャーッ！」

ゴブリンの声が聞こえたと思ったら、すぐ近くで剣戟《けんげき》の音が鳴り始めた。誰かが戦い始めたんだろう。

そっちは任せておいて、とにかく正面から来る連中を片付ける事に専念する。

幸いクレアは健在で俺の横で武器を構えている。意外と肝《きも》が据わってるのかも知れん。

前から迫るゴブリン達が目の前まで接近してきたので、短剣を抜き放ち魔法から接近戦に切り替える。

意識を集中すると、ゴブリンのステータスが確認できた。

『ゴブリン：レベル7』。今の俺にはなかなかの強敵だ。

「クレア！　離れるなよ！」

そう叫ぶと俺は一歩踏み出し、錆びた短剣を振りかざしたゴブリンを袈裟懸《けさが》けに斬り捨てる。

ぐらりと倒れてきた死体を足蹴《あしげ》にして、その後ろに居た奴の腹に短剣を突き立てた。

「きゃっ！」

見るとクレアがゴブリンの攻撃を短剣で受け止めていた。

野郎なんて事しやがる！　ぶっ殺す！

クレアと戦っているゴブリンを後ろから斬り捨てると、周りの状況が見えた。

蜥蜴男がどこで拾ったのか、バットぐらいの太さの棒を振り回して応戦している。おかげでゴブリン達は近づけないようだ。

奴隷のおっさんは地面に倒れてピクリとも動いてない。背中にはいくつか深い切り傷があった。血溜まりが出来ているので、恐らくは絶命しているのだろう。

奴隷商のおっさんも苦戦中だ。すでに全身から出血している。

少年とおばちゃんはいつの間にか居なくなっていた。何処かに逃げたんだろうか？　だが最初に確認した時に完全に包囲されていたから、逃げられたとも思えない。

残るゴブリンは後八匹ほどか。氷結魔法を連発しながら手近なゴブリンに走り寄り、首を刎《は》ね飛ばす。

形勢不利と見たゴブリン達が逃走を図るも、俺は見逃してやるほど甘くない。逃げるゴブリンの背に氷結魔法を放ち、斬りつけ、やがて動くゴブリンはいなくなった。

「クレア⁉」

ハッとしてクレアを確認すると、彼女は短剣を手に持ったまま座り込んでいた。安心して腰が抜けたのだろう。怪我は無いようなので一安心だ。

地面に倒れて荒い息をつく奴隷商は、すでに出血で意識が朦朧《もうろう》としているようだ。急いで止血してみたが、手当の甲斐なく彼はそのまま息を引き取った。

周囲を探すとおばちゃんと少年の遺体も発見した。やはり逃げ切れなかったようだ。回復魔法のひとつでも使えれば結果は変わっていたかもしれないなと、少しだけ後悔する。

奴隷商達の遺体《いたい》を集めて炎で焼く事にした。

放って置くとアンデッド化するらしいので、見つけた遺体は火葬《かそう》が基本だと蜥蜴男に教えられたのだ。

ゴブリン達と一緒に焼くのは少し抵抗があったが、悪く思わないでくれよ。

「追剥《おいは》ぎみたいだけど、放置しておくのもな」

使い道が無い奴隷商の所持品を三人で分配しようとしたが、それは二人に断られた。

解放前の奴隷が単独で行動し、尚且つ大金を所持していたら確実に逃亡奴隷と判断されて、悪くすれば極刑《きょっけい》もありえるそうだ。

二人の希望としては、このまま俺に街まで連れて行ってもらって役人に事情を話し、処遇を決めてもらいたいとの事だった。

なんでも主人が死んで奴隷だけが生き残った場合、所有権が最初に拾った人に移るんだとか。

それならばと、二人を連れて街を目指す事にする。

ちなみに馬車は使えなかった。馬がやられていたからだ。

同じ場所でまた野営する気にもならなかったので、そのまま出発した。

道中ステータスを確認すると、レベルが上がっていた。

●エスト：レベル13
ＨＰ　１７０／１７０
ＭＰ　１２０／１２０
筋力レベル：２（＋２）
知力レベル：２（＋３）
幸運レベル：１
▼所持スキル
『経験値アップ：レベル１』『剣術：レベル１』

『マッピング：レベル１』『火炎魔法：レベル１』

『無詠唱：レベル１』『筋力アップ：レベル２』

『隠密：レベル1』『知力アップ：レベル2』

『盾：レベル1』『氷結魔法：レベル1』


新たなスキルを獲得できます。次の中から選んでください。

『HPアップ』

『MPアップ』

『幸運アップ』

『剣術：レベル2』

『経験値アップ：レベル2』


ゴブリン戦では自分の力不足を痛感した。そこそこ戦えるつもりでいたが、まだまだ初心者に毛が生えた程度でしかなかったんだ。

早急にレベルを上げて強くならねば、という事で経験値アップのレベルを上げた。

改めて自分のスキルを見直すと、レベルの割に数が多いような気がする。

何とか誤魔化《ごまか》せないかと試行錯誤していたら、偶然ある方法を発見できた。

表示されているスキルに視線を合わせて「隠れろ」と念じると、スキル欄《らん》から消えたのだ。一瞬焦ったが「表れろ」と念じれば再び見えるようになる。

これで何とか他人にステータスを見られても大丈夫になっただろう。

不自然じゃないようにいくつかそのままにして、後は全て隠蔽《いんぺい》しておいた。

‡

「やっと……着いた……」

「疲れましたね……」

「無事に辿り着けたか……」

夜通し歩き続けた俺、クレア、蜥蜴男の三人は、昼過ぎになってようやくコペルの街に到着した。

コペルの街は、高さ十メートルはある市壁《しへき》に囲まれている。外敵に対する厳重な備えから見て、かなりの人口密度なのかもしれない。

入り口にある兵士詰め所に向かい、道中ゴブリンの襲撃を受けた事と、生き残りの奴隷を連れている事を告げた。

すると特にトラブルになることもなく淡々と事務手続きが終わり、奴隷の再契約か解放かを、街にある「契約所」と呼ばれる施設に行って決めるようにと指示された。

正直くたくたに疲れていたが、先にやるべき事を済ませないと安心して眠れない。疲れた体に鞭《むち》打《う》って兵士の言う契約所に向かった。

途中にあった屋台では、パンに切れ込みを入れて肉を挟んだホットドッグのような食べ物が売っていた。目を引かれたので、俺が三人分買ってみんなで食べる。

三人とも腹が減っていたので貪《むさぼ》るように齧《かじ》りつき、あっと言う間に食べてしまった。

屋台のおっちゃんに道を教えてもらい無事に辿り着くと、どうやら契約所は奴隷を売買する店舗と併設されているようだった。

イカツイおっさんばかりだったらどうしようと少し緊張したが、中に入るとそんな事も無く、綺麗なお姉さんが受付をしていた。

「いらっしゃいませ。本日はどのようなご用件でしょうか？」

と、随分丁寧《ていねい》な物腰で声をかけられる。

「奴隷の再契約と解放をしたいのですが」

「かしこまりました。手続きには奴隷一人につき銀貨一枚が必要となっております。先払いでお願いしますね」

にっこり笑うお姉さんに銀貨を二枚渡す。今は亡《な》き奴隷商には結構な所持金があり、当分金に困りそうも無い。

そうこうしてると顔に刺青《いれずみ》の入ったおっかないおっさんが奥から出てきた。この人が実際の儀式をするのだろう。

道中話し合って決めたのだが、蜥蜴男は解放してお金を渡し、クレアは俺の奴隷として再契約する事になった。

蜥蜴男は、奴隷商の遺産の三分の一をもらったら自力で生きていけるそうだ。

一方のクレアは、今更借金を返して自由になっても家族のもとには帰りづらいし、かと言って一人で生きるのも不安だから、出来れば一緒に連れて行って欲しいと言った。

美少女と旅を出来るなんて俺としては願ったり叶《かな》ったりなので、ふたつ返事で了承して今に至る。

まず蜥蜴男から儀式を始める事になった。

胸元に刻まれている、奴隷紋と呼ばれる百円玉ぐらいの小さな刺青におっさんが手を当てる。すると、段々と発光してきて蜥蜴男が少し苦しそうにし始めた。

光が収まると蜥蜴男の奴隷紋は綺麗さっぱり消え去っていた。

次にクレアの番だ。おっさんがさっきと同じように、クレアの胸元にある奴隷紋に手を当てる。

結果としておっぱいを触っているので、俺としては大変うらやまけしからん気持ちだ。

蜥蜴男同様発光が始まり、次第に目を開けてられない程の光量になる。そして少しずつ光が収まると、少し苦しそうにしていたクレアの胸元にさっきまでとは違う形の奴隷紋が刻まれていた。

これで再契約完了らしい。

しばらく新しい奴隷紋を眺めていたクレアが近寄ってきて、頭を下げた。

「これからよろしくお願いします。ご主人様」

こんな娘と旅が出来る俺は幸せ者だな。

その後、何度も何度も礼を言って頭を下げる蜥蜴男と別れた。

そう言えば名前も聞いてなかったな。まぁ、男にはあまり興味ないから別に良いか。彼なりに元気にやっていてくれればそれでいい。

ゴタゴタが終わったので、当初の目的どおり、とりあえず冒険者ギルドに行ってみるか。依頼とか受けて稼げるかもしれないし。

歩きながら横を歩くクレアを改めて見てみる。意識を集中させると彼女のステータスが表示された。

●クレア：レベル3
HP　23／23
MP　5／5
筋力：レベル1
知力：レベル1
幸運：レベル2
▼所持スキル
なし

俺の奴隷になったせいか、ステータスを細部まで見ることが出来た。

彼女は魔法の類《たぐい》があまり得意でないのか、俺の初期ステータスと比べてＭＰが少ない。その代わりなのかわからないが幸運のレベルが高い。

今回生き残ったのも、運の良さが関係しているんだろうか。

一緒に旅をするんだから、後でクレアの装備一式も揃えてやらないといけない。それに、以前見えた盾スキルも試してみたいから自分の盾も欲しいしね。

入り口に、日本語ではないが読めてしまう文字で大きく『冒険者ギルド』と書いてある建物を見つけた。

中に入ると少し広い待合室のようなスペースがあり、テーブルがいくつか置かれている。トラブル防止のためなのか、酒類の販売はしていないようだ。

入り口付近にある掲示板には、いくつか張り紙がしてあった。今も何人かが熱心に眺めては何やら相談している。

あれが依頼なんだろうな。

受付には獣人のお姉さんが座っていた。クレアとは耳の形が違うから、他の種族なのだろう。どことなく犬っぽいので、勝手に犬族と予想する。

「すいません。ギルドは初めてなんですが」

「登録希望ですか？」

「はい。俺と彼女の二人です」

言いながら腰に手を回してクレアを横に並ばせる。お姉さんは一瞬クレアに視線を向けたが、そのまま俺に向き直った。

なんだろ？　犬と猫だから仲悪いのか？

「ではまずランクから説明しますね。冒険者にはランクと呼ばれる階級制度があり……」

お姉さんの説明によると、冒険者のランクは下から『青銅《ブロンズ》』『銀《シルバー》』『金《ゴールド》』『金鋼鉄《アダマンタイト》』の四つ。

ギルドに登録した冒険者にはそれぞれのランクに合わせたプレートが支給されて、各種割引などの特典も与えられるようだ。

依頼をこなした数やギルドに対する貢献具合で次のランクに昇格する。

ただし、あまりにもサボったりギルドからの緊急要請を断ったりし続けていると、ランクが下がる事もあるようだ。

どのランクの依頼でも受けられるが依頼書には推奨ランクが書かれていて、上のランクの仕事を請けて死んでも完全な自己責任となる。

また、パーティーを組んでいると経験値の共有が出来るとわかった。パーティーで一番多く獲得した人物と同じ経験値をもらえるらしい。

これは初心者救済の一環で、ステータス画面でパーティー申請を受諾すると発動する魔法のようだ。

パーティーメンバー同士はステータスの細部をお互いに見られることもわかった。忘れない内にさっそくクレアとパーティーを組んでおく。

「説明は以上です。それでは冒険者生活を頑張ってくださいね」

長々と説明してくれたお姉さんからブロンズのプレートを二人分受け取った。ここからどこまで上のランクに上がれるか、楽しみだ。


掲示板を見てみると、ブロンズランク推奨の依頼がいくつか貼り付けてあった。ペット探しや家の掃除《そうじ》、薬草の採取など、このクラスで出来ることは雑用ばかりらしい。

井戸に発生したスライム退治や夜中に農作物を奪っていく害獣退治などもあるが、数は少ない。

初心者らしく、まず小手調《こてしら》べに薬草採取の依頼を受ける事にする。

初心者が無理すると碌《ろく》な事にならないしね。クレアも居るし、激しい戦闘は回避しておこう。

受付のお姉さんに依頼を受けると告げると、詳しい内容の書かれた依頼書を手渡された。

依頼内容は、今居るコペルの街から南西に二日ほど行った所にある森林に向かい、薬草を採取して戻って来る事。

薬草の特徴は絵で説明してあってわかりやすい。

薬草ひとつにつき銅貨二枚が支払われる。期限は一週間で、それを過ぎると失敗とみなされるようだ。罰金は無し。

途中魔物に遭遇した場合、退治して魔石を回収すればギルドで買い取ってくれるとある。

依頼主は「コペル冒険者ギルド」となっていた。これは完全に初心者向けで、初心者を鍛える目的に、ギルドが常に出している依頼のようだった。

薬草の成長は早く需要も多いので、常に誰かが受けているらしい。


俺達は装備を整えるために、ギルド真向かいにある「装備屋」に入った。この世界では武器と防具を同じ商店で扱うことが多く、それらの店を総じて装備屋と呼ぶらしい。

中に入ると色んな装備が置いてあった。壁には各種剣や槍、斧や弓などが飾られて、マネキンに装備された鎧や盾などが並ぶ。

「クレアは得意な武器とかある？」

「そうですね……。故郷では狩りで弓を使っていたので、弓がいいです」

クレアは大小の弓が並ぶスペースに移動して、ひとつひとつ手に取っている。

すると、何度も弦《つる》を引いて感触を確かめている弓があった。

「それが気に入ったの？」

「ご主人様。ええ、凄く使いやすいのですが、値段が……」

値札を見てみると……なるほど、結構するな。一番安い弓の値段が小銀貨三枚だが、これは金貨三枚となっている。

最近貨幣の価値がわかってきたので補足しておくと、一番低価値なのが銅貨で、十枚ごとに次に価値のある貨幣一枚分になる。

銅貨↓小銀貨↓銀貨↓小金貨↓金貨といった順番だ。

なるほど、クレアが躊躇《ちゅうちょ》するのもわかる値段だな。だが武器や防具に金をケチると命に関わる。

それに渡そうとした奴隷商の金もクレアの希望で俺が預かる事になったから、自分の分と合わせて金貨二十枚の資産がある。

これぐらいなら買っても問題ないだろう。

「じゃあそれ買おうか」

「良いんですか⁉　ありがとうございます！　ご主人様！」

クレアには他に、接近戦用として新しく短剣を買ってあげた。

これまで使っていた物は、錆が酷くて使い物にならなかったのだ。今回買った物は華美ではないが実用性に優れている品だった。

ちなみに矢は弓を買うと付けてくれたので、別に買う必要は無かった。

体力が無いのであまり重い防具は遠慮したいらしく、俺が使っているのと同じ革製の鎧を選んだ。

皮にもランクがあって、ウサギ、猪、牛、蜥蜴、熊という順番で防御力が上がるようだ。

その中でクレアが選んだのは熊の皮で出来た鎧だった。

全身を覆うタイプではなく、上半身は肩の辺りまで。下半身は太ももの中ほどまでを防御してくれる。

色は白に染めてありなかなか清潔感がある。女の子が好みそうな鎧だった。

クレアは遠慮していたが買うことにする。これが金貨五枚。

俺の方はと言うと、まず盾を探した。

盾は種類が豊富で、体全体が隠れるような大盾もあれば、顔ぐらいしか防御できないんじゃないかというサイズの物まであった。

中でも目を引いたのが、野球のホームベースのような形をした盾だ。試しに装備してみるとそんなに重くも無い。

牛系統の魔物の皮を何枚か重ねて圧力をかけて、一枚にまとめた物だそうだ。色は黒に近い灰色。これは基になった魔物の色だったんだろうな。値段は金貨一枚。

次は剣だ。今使っている短剣は刃が欠けてボロボロなので、ここはそろそろ奮発してでもいい物を入手しておきたい。

片手で振り回せそうに無い大剣は論外。長さ的には長剣、いわゆるロングソードというやつが欲しい。

いくつか素振りしてみたが、その中でも気に入ったのが淡い光を放つ剣だった。

店主に聞いてみるとわずかに魔力が込められていて、同じ造りの剣に比べると格段に切れ味が良いらしい。値段は金貨八枚と結構するが、先の事も考えてここは買っておく事にする。

あっと言う間に所持金が激減したが、もともと自分で稼いだ金じゃないあぶく銭なんだし、問題ないと思っておこう。

さあ、装備も整えたので今夜の宿を探すとしようか。


コペルの町の大通りを歩くと、いくつか宿屋が立ち並んでいるのが見える。どれも似たような規模だったが、中には厩舎《きゅうしゃ》を備えている大きめの宿もあった。

俺達が選んだのは外見的に中の下といった感じの宿『鹿の角亭』だ。

宿の造りはどこも共通なのか、一階は酒場兼食堂、二階は宿泊施設だった。

そろそろ晩飯時なので酒場に入ってくる人達も増えてきている。

てきぱきと動く給仕の女の子に部屋を取りたいと声をかけてみた。

「一人一晩小銀貨三枚だよ。食事は別料金！　外で食べても良いけど、ウチの食事は美味しいからオススメ」

そう、にこやかに教えられた。

最初の村より高いが、物価が違うのだろうし客足が途絶えることもないのだから、相場としてはこんなものか。

とりあえず一週間泊まることにして、先払いで金を渡しておく。こりゃ早めに稼げる態勢を整えておかないと、近いうちに破産するかもしれないな。頑張らなくては。

食事は硬いパンと野菜炒めにエールがついて、一人前銅貨三枚だった。

この内容でこの値段なら、最初の宿の方が食事の面では上だったな。やはり田舎の方が食べ物が新鮮で美味しいんだろうか。

「ちゃんとした食事は久しぶりなので、とても美味しいです」

「……いくらでも食べていいからね」


食事を取りながら嬉しそうに言うクレアが不憫《ふびん》でならなかった。

日本人の感覚からすればみすぼらしい食事でもこんなに喜ぶなんて、奴隷の食生活はどれだけ悲惨だったんだろうか。今日からは良い物を腹いっぱい食べさせてやろう。

「あれ？」

食事を終えて二階に上がり俺達が寝泊まりする部屋に入ると、部屋の中にはベッドがひとつしかなかった。

二人分金を払ったのにベッドがひとつっておかしくないか？　これじゃまるで詐欺《さぎ》みたいじゃないか。

断固抗議しようとしたがクレアに止められた。

「泊まる人の数だけ料金を払うのは普通ですよ？」

そう首を傾げられたのだ。俺がおかしいのか……すいませんでした。

この世界でシャワーなど最初から期待していなかったが、部屋には備え付けの風呂すらない。死にそうな戦いを経験した後だったから、さすがに風呂ぐらいは入って疲れを取りたい。

一階のお姉さんに風呂はあるのか聞いてみたところ、風呂の代わりに大きな桶《おけ》を貸し出してくれた。お笑い芸人が乗っていたりするアレだ。

普通は裏の井戸から水を汲《く》んできて体を拭《ふ》くらしいが、俺達には魔法がある。空《から》の桶に氷の塊《かたまり》を置いて、火炎魔法で溶かしたら即席の風呂の出来上がりだ。

「凄いですご主人様！　氷の魔法だけでなく火の魔法まで使えるなんて！」

やたら感心された。いや～、そんなことあるかな。

まずクレアから先に体を洗ってもらう事にして、俺は紳士《しんし》だから当然部屋を出る。決して部屋の外で聞き耳を立てたりはしないのだ。

クレアは最初、主人を差し置いて奴隷から入浴するなどありえないと固辞《こじ》した。男が入った後は嫌だろうと説得したがそれでも渋《しぶ》るので、女の子が使った後のお湯のほうが楽しめると変態を装った発言をしたら、若干引かれたようだった。俺の評価は多少下がったようだが、結果として先に入ってくれたので良しとしよう。

その後俺も入浴したのだが、今更ながら着替えがない事に気がついた。

しまったな。このままじゃ着たきり雀《すずめ》だよ。資金に余裕が出来たら真っ先に買うことにしよう。

しかし、そんな些細《ささい》な事柄が頭から吹っ飛ぶくらいの重大な問題が発生しましたよ。そう、この部屋にベッドはひとつしかないので、俺とクレアは一緒に寝ることになるのだ。

本人の同意があれば手を出したところで問題ない……はず。日本のような淫行《いんこう》条例はこの世界にはないだろう……たぶんだが。

俺は興奮気味にろうそくの明かりを消してベッドに潜り込むが、一緒に寝るはずのクレアは当然のように床で寝ようとしていた。

「ちょっと何してんの⁉」

「え？　今から寝るのではないんですか？」

不思議そうな顔で聞き返された。そうか。奴隷としての躾《しつけ》が徹底されていたんだな。

俺はそんな彼女の言動に、急に悲しくなってしまった。

「そんなとこで寝ないでも良いんだよ。一緒に寝よう、おいで」

そう言って場所を空けてやる。おずおずと潜り込んでくるクレアの頭を撫で、緊張を解《ほぐ》してやることにした。

なんだろう。いやらしい気持ちが一瞬で吹っ飛んじまったな。

横のクレアはしばらくじっとしていたが、急に覚悟を決めた表情で口を開いた。

「あの……ご主人様が望まれるなら、ご奉仕《ほうし》させていただきます」

その声は震えていた。

ご奉仕……か。普段の俺なら大喜びしただろうけど、この状況で乗り気になるほど俺も鬼では無い。

「……クレアは経験があるの？」

「ありません。その方が高値で売れるからって、本で学んだだけです……」

こんな事を言われて手を出せるはずがない。気にしなくて良いんだよと頭を撫でてやると、安心したのかクレアはすぐに眠りに落ちてしまった。色々と気を張っていたんだろう。

今まで呑気《のんき》に考えていたけど、この世界には悲惨な人生を送っている人達が山のようにいるんだろうな、と改めて考えさせられる。せめて俺の仲間だけでも幸せにしてやらねば。

そのためにはとにかく力が必要だ。明日から気合を入れて冒険者として生きてみよう。

‡

翌日、目が覚めると横に寝ていたはずのクレアの姿が無かった。

ひょっとして捨てられたのか⁉　と一瞬焦ったが、彼女はすぐに戻って来た。どうやら厨房の手伝いを申し出て、手間賃《てまちん》をもらっていたらしい。

「少しでもご主人様の負担を減らしたくて」

「クレア……」

ええ娘や。ほんまにええ娘や。はにかみながらそんな事言われたら惚《ほ》れてまうやろ。

申し出はありがたかったが、それはクレアのお小遣いにしなさいと、受け取らなかった。

二人で朝食を食べた後、さっそく目的地である南西の森林を目指す。

往復にどれぐらいかかるかわからないから、屋台で携帯食料を買っておいた。ソーセージとチーズがいくつかに蜂蜜酒だ。

どれもこの世界ではまだ食べた事の無い食材だが、前世とそれほど味に大差があるとも思えない。蜂蜜酒だけは前世でも未経験だったが、不味い蜂蜜など聞いたことが無いので大丈夫だろう。

「兄ちゃん、保温の利《き》く道具袋は持ってないのかい？」

「なんですかそれ？」

俺が袋に携帯食料を詰めるのを眺めていた屋台の親父が、突然聞いた事も無い道具の名前を口に出した。

親父が言う道具袋には、袋の底に魔石を挟んでおくポケットがあるらしく、そこに魔石を入れると温めたり冷やしたり多用途に使える優れものだそうだ。なので冒険者に限らず、長距離を旅する人はほとんどが持っている物らしい。

そんな便利な物があると知っていたら真っ先に買ったのに。装備でお金を使いすぎたな。とりあえず今回の依頼が終わったら探してみよう。

早朝だというのに門からはたくさんの人が出入りしている。

行商人は明るい内になるだけ移動して、日が落ちるまでに安全な場所で野営するために、この時間に出発するんだとか。外から入ってくる人は、夜間は閉められる門の前で待機していた人々だ。

行き交う人々を見ながら街道を南に向かう。

依頼書を見ると最初の分岐《ぶんき》を右に曲がって道なりに行くと、目的の森林が見えてくると書いてあった。ほぼ一本道なので迷うことも無いだろう。

ふと横を歩くクレアを見ると、彼女はどこか楽しそうにしていた。最初に会った時も綺麗な娘だと思ったけど、身綺麗にした今の方がずっと魅力的だ。

「優しいご主人様にもらわれて、毎日ご飯が食べられて、お風呂も入れるしお布団で眠ることも出来るんです。こんな幸せな事ありません」

俺は思わず、クレアの頭をわしゃわしゃと撫で回してしまった。この娘を助けて良かったと心底思う。……手をださなくて良かったとも。

風呂に入って汚れを落としたら、クレアの髪はきらめくような赤色になった。赤毛なのは知っていたが、こんなに綺麗な色だったのか。

生気にあふれる緑の瞳が日の光を浴びてキラキラしている。

髪をポニーテールにまとめ、真新しい装備に身を包んだ彼女はいっぱしの冒険者に見えた。

途中、街道から少しそれた所に冒険者らしき若い男女が座っているのが見えた。

休憩でもしているのだろうと、特に気にしないで横を通り過ぎようとしたら声をかけてきた。

「なあ、あんた達。ひょっとして薬草の採取に行くのか?」

「そうだけど、君らは?」

何が目的だ? 薬草を採って来るぐらい誰でも出来るだろうに。

警戒してクレアを守れる位置を取る俺だったが、男はまったく気にせず言葉を続けた。

「それなら今はやめといた方がいいぜ。俺達も採取に向かったんだけど、オークが何匹が出てきて慌てて逃げてきたとこさ。俺達だけじゃ不安だから、どうしようか相談してたんだ」

オークか。俺のゲーム知識だと、オークは頑強《がんきょう》な体と豚の頭を持ち、怪力で棍棒などを振り回しているイメージだ。

そして女騎士の天敵でもある。くっ! 殺せ! ってやつだ。

まだ戦ったことは無いが、少なくともゴブリンより強いのは間違いない。

依頼書にはオークについて特に記載がないな。いつも出現するわけではなく、きっと何処《どこ》かから移動してきたのだろう。

かと言って居なくなるまで待つ訳にも行かない。ひょっとしたら棲《す》み着いてしまうかもしれないし、何よりこの依頼には期限がある。

ペナルティは無いとしても、初依頼で失敗したらギルドの印象は良くないだろう。

どうしたものかと考えを巡らせている俺に、男はこう提案した。

「良かったら俺達と一緒に行かないか?」

……共闘か。彼らの実力はどの程度の物なのかとステータスを確認したところ、俺と大きな開きはないようだった。

『アミル　レベル8』

『レレーナ　レベル7』

低くは無いが高くも無い。駆け出しの冒険者って、これぐらいのレベルが普通なんだろうか？

男のアミルは戦士に見える。幅広の長剣を背中に挿《さ》して、盾は持っておらず、鎖帷子《くさりかたびら》を装備している。歳は十七か十八ぐらいだろうか。茶色の髪を短く刈《か》って、明るい印象の青年だ。

女のレレーナは鉄製の杖《つえ》の先にとげとげのいっぱい付いた武器、モーニングスターを装備している。すその長いローブの上から胸元だけ覆うプレートをつけていた。

魔法使いなのかと思ったら僧侶《プリースト》だと言われた。彼女は回復魔法が使えるらしい。黄色に近い金髪を肩より少し下まで伸ばし、少しおっとりとした印象だ。きっとサポート役に向いているんだろうな。

アミル達は一対一ならオークに負ける事はまず無いと断言したので、俺としてはパーティーを組んでもいいかと思う。

「どうするクレア？」

「ご主人様の望まれるとおりになさってください。私はそれに従います」

クレアも反対ではないようだ。何かの罠《わな》の可能性も少し考えたが、それは無いだろう。金が欲しいなら俺達のような初心者を襲うより、商人の荷馬車でも襲った方が効率が良いはずだからな。

クレアの了承も得られたので、アミル達と臨時のパーティーを組む事になった。さて、四人で何とかなれば良いんだが。


「じゃあとりあえず、自己紹介でもしようか。俺はエスト、レベルは……」

四人とも簡単に自己紹介を済ませ、そろって目的地に出発する。するとアミルが小走りで俺の隣に並び、気さくに話しかけてきた。

「エストってレベル高いな。冒険者を始めてから長いのか？」

初対面なのに物怖《ものお》じしない奴だな。基本人見知りな俺からすれば、羨ましい積極さだ。

「いや、登録したのは昨日だ。クレアも一緒に登録した」

「昨日!?　そのわりにはレベルが高いな……あぁ、その、聞いた事の無い経験値アップってスキルのおかげか」

と、何やら一人で勝手に納得してくれた。

別の世界から来たとか生まれたての十五歳ですとか誤魔化すのが面倒なので助かる。話したところで理解してもらえるとも思えないしな。

俺はお返しにアミル達の事情を聞いてみた。二人は同じ村出身の幼馴染で、村に立ち寄る冒険者達の話を聞いては、小さい頃から冒険者という職業に憧れを抱いていたそうだ。

「臨場感《りんじょうかん》たっぷりにドラゴンを倒した話とかを、自慢げに話しててさ。その時は本気にして憧れていたんだけど……今だったら嘘だってわかるよ。だってその人達ブロンズだったもんな」

大きくなったら絶対に自分達も冒険者になるんだと幼心《おさなごころ》に誓い、そして二年前ついに村を出たそうだ。

最初の一年はコペルの街で人探しや荷運びなど、およそ冒険とは縁《えん》のない雑用で日銭を稼ぎ、少しずつ貯めたお金で装備を整え、たまに得られるわずかな経験値でレベルを上げ、最近になってようやく街の外に出る依頼を受け始めたとの事だった。

アミルの話では村人出身の冒険者だとこのペースでも早いほうらしいので、俺はいかに自分の立場が恵まれているかがわかった。

アミルは身を寄せてくると、小声で衝撃的なセリフを吐く。

「この依頼が上手くいったら、レレーナにプロポーズしようと思ってるんだ」

少し照れくさそうにするアミルを、俺は呆然として眺めるしかなかった。

おいおい、このタイミングでそんな台詞を言ったら、後は死ぬしかないよ？　しかしこいつら、まだ十七、十八なのにもう結婚するのかよ。早婚にも程があるだろう。

「村じゃみんな、このぐらいの歳で結婚してるぞ？　貴族様と違って、貧乏な家は早めに結婚して子供を作らないといけないからな。働き手が欲しいんだよ」

なるほど、経済的な理由もあったのか。日本の感覚だとまだまだ子供でしかない歳なのに、この世界の人間は早熟《そうじゅく》なんだな。

当のレレーナはどうなんだろうと後ろを見ると、何やらクレアと楽しそうに話している。直接聞いてみたい気もするが、女の子同士の会話には入りづらいな。

そうこうしていると目的地である森林に辿り着いた。ここからは皆無言になり、警戒態勢で進む。

マップを表示するとオークらしき反応が五つあったが、一箇所に固まって動いていない。何をしているんだろうか？

戦闘になる前に、簡単にスキルの確認をしておいた。

アミルは『剣術：レベル1』の他は、『唐竹割《からたけわ》り』というスキルを持っていた。真っ直ぐ剣を振り下ろしてばかりいたら習得できたらしい。

レレーナの方は『回復魔法：レベル1』と『解毒《げどく》魔法：レベル1』だ。重傷は無理だが、軽傷なら問題なく治せるらしい。ホ〇ミみたいなもんかな。

俺達のステータスは特に変化無し。ゴブリン戦で『経験値アップ』がレベル1から2に上がったぐらいか。まだこのスキルを取ってから実戦を経験してないから、今回楽しみでもある。

俺達は茂みに身を潜めつつ、じわじわとオーク達に近寄る。遠目に観察すると、どうやら連中は食事中のようだ。奴らの周りに食べかすと思われる動物の死骸《しがい》が散乱しているのが見える。

レベルは平均して10ほど。俺以外のメンバーより若干高いが勝機は十分にある。

まず先制攻撃だとばかりにクレアが弓を取り出して構える。それと同時に、俺はいつでも放てるように氷結魔法を準備しておく。

振り返るとアミル達が頷いた。戦闘開始だ。

ピュッと鋭い音がしてクレアの放った矢は真っ直ぐ飛び、食事中のオークの側頭部に突き刺さった。グラリと傾き倒れる仲間に異変を察知し、警告の泣き声を上げる他のオーク。

俺は間髪容れずに氷結魔法を放った。倒れたオークの真横にいた奴に命中するが……おしい！胸板に当たったために仕留められなかった。

「ピギャーッ！」

今の攻撃で俺達が潜んでいる場所がわかったのだろう。オーク達は怒りの声を上げ、手に手に粗《そ》雑《ざつ》な武器を持ちこっちに向かって突進して来た。

俺達パーティーは遠距離攻撃専門のクレアをその場に残して茂みから飛び出す。敵は残り四匹だ。真新しい長剣を抜いて先頭のオークと切り結ぶ。ガキッと音がしてオークの棍棒と俺の剣がぶつかり合い、衝撃が腕に伝わってくる。

力負けして弾き飛ばされそうになるが、勢いを上手く流してオークの体勢を崩し、脇腹に一撃を入れる。即死はさせられないがダメージは大きいはずだ。これなら誰かにとどめを任せて良いだろう。

少し離れた場所でアミルが一匹のオークと切り結んでいた。結構押してるじゃないかと感心したのも束の間、アミルがいきなり大きく剣を振りかざした。隙だらけで危ないと思った瞬間――。

「はあっ！」

気合の声を発してアミルが剣を振り下ろすと、武器ごとオークの脳天をかち割った。おおっ！

凄いぞ。思ったより強いじゃないか。

俺が最初に一撃を入れたオークはレレーナが難なく倒し、魔法で弱っていたもう一匹もクレアが蜂の巣にしていた。

残り一匹。て、一匹も倒してないの俺だけ⁉

情けない所は見せられないと、武器を振りかざすオークの間合いに一気に飛び込み、俺はそのまま下から剣の切っ先を突き上げた。剣が顎から脳天までを貫通してオークは倒れる。

なんとか無事に終わったか。アミルの死亡フラグも折れたようだし、一安心だ。

●エスト：レベル15
HP　210／210
MP　160／160
筋力レベル：2（＋2）
知力レベル：2（＋3）
幸運レベル：1
▼所持スキル

『経験値アップ：レベル1』『剣術：レベル1』
※隠蔽中のスキルがあります。

新たなスキルを獲得できます。次の中から選んでください。
『HPアップ』
『MPアップ』
『幸運アップ』
『剣術：レベル2』

●クレア：レベル7
HP　78／78
MP　16／16
筋力：レベル2
知力：レベル1
幸運：レベル2
▼所持スキル
『弓術：レベル1』

何気にクレアのステータスが同レベルの頃の俺より高い気がする。種族特性だろうか。

俺は今回、剣術を上げることにした。『剣術：レベル2』を獲得。

アミルは8から10に。レレーナが7から9にそれぞれレベルアップ。経験値共有ができたので、みんな大きくレベルアップしている。スキルの恩恵だな。


「おいおい、一気にふたつもレベルアップしてるぞ！　どうなってんだ⁉」

『経験値アップ：レベル2』の恩恵がいきなり出て、アミルが驚いていた。

そこそこレベルが上がってきた俺でさえ2上がってるしな。少しずつレベルを上げてきたアミル達が興奮するのも無理はないだろう。

「みんな怪我は無い？」

レレーナはみんなの無事を確認する方が優先のようだ。お前も見習えアミル。

みんな無事だと伝えると、全員でオークから魔石の回収をする事になった。

「何回やってもこの作業は慣れないんだよな」

オークの血で手を汚したアミルがぼやいていた。確かに毎回解体するのも手間だし、何よりグロい。何か良い方法があればいいんだがな……。上のランクの奴等も同じような事してるんだろうか？

魔石の取り分は俺とクレアが三つずつ、アミルとレレーナがふたつずつだ。単純に倒した数で分けた。

「いつもより多く経験値ももらえたしな。譲るのは当然だ」

不満が出るかとも思ったが、爽やかな笑顔でそう言いきられてしまった。アミル、結構良い奴かもしれない。

この魔石ひとつでどれぐらいの価値があるんだろうと気になったら、レレーナが相場を知っていた。

「前に換金してるのを見たけど、ひとつ小銀貨三枚ってとこだったわ」

なるほど。最初の森でスライムや赤犬をしこたま倒したけど、金銭的には全部でオーク一匹分ぐらいしか価値がなかったって事か。

倒したオークは豚に似ているだけあって食用にもなるそうなので、協力してオークを解体していく。アミルと俺で大きく切り分けて、それをクレアとレレーナが更に細かくした。

ビジュアル的にあまり食べたいとは思わないが、街に戻って売ればそこそこの値がつくらしい。

血抜きした肉を氷結魔法で凍らせておくのを忘れない。街に帰るまでに何度も魔法をかけ直さなくては、袋の中が大変な事になるだろう。

氷結魔法はあるが桶も川もないので、解体した肉も汚れた手も洗えないのが地味に辛いな。

ひと段落したら、本来の目的である薬草の採取を始める。薬草は雑草のように無造作に生えているのではなく、木の根近くに多いと依頼書には書いてあった。

全員がばらけて採取すると早いだろうけど、どんな危険があるかも知れないので、二人一組で動く事にした。

薬草には色々使い道があるらしい。冒険者は葉っぱの部分を傷に貼り付けて治すし、一般人は根っこの部分を煎《せん》じて滋養強壮薬《じようきょうそうやく》にする場合が多いのだとか。

街に戻ったら試してみよう。

全員で集めた薬草を持ち寄ると、藁ひと束分ぐらいの量にはなった。

ひとつ銅貨二枚って書いてあるから、銀貨一枚分ぐらいにはなるだろうか。初心者ならこれだけでも結構な稼ぎだろう。

それに今回はオークも討伐したので、肉や魔石での収入も期待できる。目的を達成した俺達は、寄り道せずコペルに帰りたかったが、今日はもう遅いので近くで野営するしかなかった。

森の入り口まで戻って来て、枯れ木を集めて焚き火をつくる。俺達とアミル達、二人一組交代で見張りをする事になった。

最初の交代のときに元気だったアミルの顔が、次の交代の時には泣きそうな顔になっていた。おまけに顔に手のひらの痕がついてたし。

殴られたのか？　何をしたんだお前は……。

魔物の襲撃もなく無事に夜を明かした俺達は、翌朝コペルに向かって出発した。

昨夜の事が気になって、アミルに小声で何があったのか聞いてみた。

どうも、昨日オーク戦の前に立てた死亡フラグを無事に折ったアミルは、宣言通りレレーナに結婚を申し込んだようだ。

そしてめでたく受け入れてもらえたものの、あと数年は冒険者として暮らしたいというレレーナと言い合いになったんだとか。

今冒険者を辞めても稼ぐ当てがなく田舎に引っ込むしかない。

せめてシルバーランクになってある程度稼いでから引退、結婚したいと言うレレーナと、結婚したら俺が必死で稼ぐから今すぐ、と具体性のまったくない主張をするアミルでは、意見が合わなかった。

しかも舞い上がったアミルは何を思ったか、この場は勢いで押し倒してしまえば後は何とかなると考え実行し、強烈なビンタを喰らって意気消沈したという訳だ。

「えっと、ひょっとしなくてもお前……アホだろ？」

「ひでーな！　少しは慰《なぐさ》めてくれよ！」

まあ嬉しすぎて前後不覚になったんだろうと、好意的に解釈しておいてやるか。

レレーナの様子を見てみると、昨日と同じようにクレアと談笑しながら歩いている。特に機嫌が悪そうには見えないけどな。

「まあ、気にしすぎるな。レレーナもそんなに怒ってないだろうから、後で贈り物でもして謝れば許してくれるだろ」

「だったら良いんだけど」

しょうがない。街に戻って報酬を受け取ったら、酒でもおごってやるとしよう。


「乾杯！」

ゴツゴツと木のジョッキをぶつける音が店内に響く。

俺とアミルは一気に葡萄酒《ぶどうしゅ》のジョッキを空《から》にし、女性陣は少し口をつけた程度だ。

日が暮れてからようやくコペルの街に到着した俺達は、換金を翌日に後回しにして、まずは無事な生還と依頼の達成を祝い、俺とクレアが部屋を取っている鹿の角亭で乾杯していた。

俺達としては初の依頼達成だし、アミル達は予想以上の収入が得られそうで皆上機嫌だ。

「それにしても、エスト達に会えて良かったたぜ。俺達二人ならオークにやられてたかもしれないし」

「本当ね。二人とも強くて驚いたわ」

酒が入り少し声の大きくなったアミルが、ジョッキを片手に俺とクレアを褒《ほ》める。

おいおい、随分と持ち上げるじゃないか。俺としては一匹しか倒してないから、そんなに活躍したつもりも無かったんだが。

「おまちど～」

厨房から、店員のお姉ちゃんが大皿の料理を持って来てくれた。ついでに葡萄酒を二人分追加で頼む。

大皿の中央には鯛のような焼き魚が鎮座《ちんざ》し、その周辺には青野菜とマッシュルームに似たキノコが色を添えている。

やはり猫族としては魚が気になるんだろうか？　急にクレアがそわそわし始めた。顔は平静を装っているが、尻尾が左右にふらふらと動いているので感情が丸わかりだ。

その他には人数分の小皿に切り分けた、牛肉のフルーツ煮と呼ばれる実に美味そうな料理もあった。お祝いという事で少し奮発したのだ。

食べてみるとほんのり果物の香りが口の中に広がっていき、それと同時に熱々の肉汁が溢れてくる。長時間煮込んであるようでとても噛み切りやすい。これは癖になる味だ。

しばらく料理に夢中になっていると、アミルが口を開いた。

「二人はこれからどうするんだ？」

俺は一旦手を止め、口の中の料理を葡萄酒で胃に流し込んだ。

「そうだな……俺としては、あとひとつかふたつ依頼をこなしてから、一度ダンジョンに潜ってみたいと考えてる」

この街に冒険者が多い理由でもあるダンジョン。やはり一度この目で見ておかないとな。隠されたお宝や見たことのない魔物、実にワクワクするじゃないか。

「じゃあ俺達もついて行って良いか？　二度ほど挑戦したんだけどさ、上手くいかなかったんだ」

アミルの話によると、なんでも一度目は地下一階で罠にかかって帰還を余儀《よぎ》なくされ、二度目はレベルの高いパーティーに混ぜてもらったものの、アミルは完全に荷物持ち扱いされたそうだ。

しかもその時パーティーを組んでいた高レベルの戦士がしつこくレレーナにまとわりついたので、喧嘩別れしたんだとか。

「エスト達なら信用できるしさ。それに話しやすいしレベルも近い。一緒に行動できるなら助かるんだけど、どうかな？」

「私からもお願い。四人なら色んな依頼もこなせると思うし」

二人がそう言うなら、俺としては特に反対する理由も無いな。

まだ会ったばかりだけど、この二人の事は嫌いじゃない。人見知りする俺がそう思うんだから貴重な人材だ。

「クレアはどう思う？」

「私もお二人が一緒の方が心強いです」

反対意見は無し。じゃあ決まりだな。

「わかった。じゃあこのまま一緒にパーティーを組もう。改めてよろしくな」

「こちらこそ。よろしく頼むぜ！」

再び乾杯した後、俺達は深夜まで盛り上がったのだった。

‡

翌日、飲みすぎてズキズキする頭を抱えながら目を覚ますと、お盆《ぼん》に水差しとコップを載せたクレアが部屋に戻って来たところだった。

「おはようございます、ご主人様。果汁入りのお水をもらってきました。二日酔いに効くそうです」

ニッコリ笑うとコップに注《そそ》いでくれる。タダじゃなかったんだろう？　と聞くと、貯めたお小遣いで買ってきたと言われた。何倍にもして返してやらねば。

しばらくベッドで休んでから宿を後にした俺達は、昼過ぎにアミル達と合流した。

アミルも二日酔いらしく顔色が良くない。元気なのはクレアとレレーナだけだ。

ペースこそ違えど最終的に飲んだ量にはそんなに差が無かったはずなのに、女性陣のほうが酒が強いんだろうか。

「まずギルドで換金だな。その後で探したい物がある」

いざギルドに到着すると、立派な装備をつけたベテランらしき冒険者や、いかにも駆け出しといったみすぼらしい格好の冒険者まで、ギルドは人で溢れていた。

人間や獣人の数が多いが、中にはエルフやドワーフといった種族も見られる。初めて見たけど、やはりエルフってのは美形なんだな。

魔石や素材を引き取ってくれる換金所にはすでに長蛇《ちょうだ》の列が出来ていた。

自分達の番が来るまで鑑定の様子を眺めていると、俺達の列のひとつ前の冒険者が道具袋から青みがかった魔石を取り出す。

綺麗だ。かなり純度が高い物なんだろうか。ギルドの職員が手に取ったり何かの道具で計測した後、金貨五枚の値がつけられた。

凄いな。ひとつで金貨五枚か。

冒険者のレベルを見ると35となっている。少し白髪の多いナイスミドルといった感じの人だった。早く俺達もあれぐらい稼げるようになりたいものだ。

ようやく俺達の番が回ってくる。依頼書と束にした薬草、そして討伐したオークの肉と魔石を提出する。

薬草の数が多かったので少し鑑定に時間はかかったが、予想通りの銀貨一枚。

魔石は純度が少し高かったらしく、ひとつ小銀貨四枚で引き取ってもらえた。

肉は全部で小銀貨二枚と銅貨四枚。

俺達とアミル達で分けると、ざっと銀貨一枚半ぐらいの儲けになった。初依頼としては上出来だろう。

手持ちの金が増えたので、ギルドを出て向かいの装備屋に入る。早速だが気になる道具を購入しておこう。

「何を探してるんだ？」

「保温の利く道具袋が欲しくてな」

「ああ、あれか。俺達もそろそろ欲しいと思ってたんだよ」

店の中を物色すると目当ての物はすぐに見つかった。袋は大中小とサイズがあり、素材によって値段もまちまちだった。

大きいサイズの物は安くても金貨一枚以上はするので最初から除外しておく。俺達が手を出せそうなのは中か小のサイズだけだ。

中サイズを見てみると、牛の腸で出来た物や熊の胃袋を縫い合わせた物などがある。

中でも目を引いたのが魔物の胃袋を使っている袋だった。

大蛙といって人間を呑み込むほど大きい蛙《かえる》の魔物らしいが、大きい割には大して強くないので良い素材になるんだとか。

値段はひとつ銀貨一枚。人数分買うと今回の儲《もう》けを使ってもマイナスか。

だが皆の顔を見ると、もうほぼこれに決めているようだな。

サイズも手頃だし、これを四人分買うことにしよう。先の事も考えての必要経費と思う事にした。

さて、今日の残り時間は次の依頼とダンジョン突入の準備といこうか。

‡

翌朝、俺達は次の依頼を受けるためにギルドに集合していた。

掲示板に緊急依頼以外の新たな依頼が貼り付けられるのは早朝と決まっていて、すでに人だかりが出来ている。

依頼を受けるのは基本早い者勝ちでランクは関係が無い。パーティーの内一人が依頼書を取ってくれば全員が受けられるシステムだ。

昔は大混雑の掲示板から依頼書を取ってくるだけで日銭を稼ぐ輩《やから》が居たようだが、複数の人間を雇って依頼書を独り占めする冒険者も現れたので、今は冒険者のプレートを持っていない人間が依頼書に手を出すのは禁止されている。

俺達のパーティーからはアミルが取って来る役になった。なるべく討伐依頼は避けたいくらいで他に希望はない。間違って高ランクの依頼を取ってこなければ大丈夫だろう。

「いや〜、大変だったぜ」

ぜいぜい言いながら俺達の所に戻って来たアミルに労《ねぎら》いの言葉をかけて、みんなで依頼書の内容を確認してみる。

『討伐依頼　オーガの群れを討伐』

コペルの西にある街道沿いにレッドオーガを含むオーガの群れが確認された。付近に巣を作った可能性が高い。被害が出ない内に見つけ出して討伐せよ。未確認ではあるものの、イエローオーガも存在する可能性あり。
報奨金：金貨二枚
備考：オーガの角《つの》はひとつにつき小銀貨一枚で買い取る。期限は二週間以内。目に見える成果が出ない場合、罰金として銀貨五枚を徴収する。
依頼主：コペル商人ギルド
推奨ランク：シルバー

全員の目が点になる。妙に報奨金が高いと思ったら、シルバー？　俺達のランクはブロンズだったよな？

額から一筋の汗をかいて明後日の方向を見るアミル。そんな事で誤魔化せると思うなよ。

「どうすんだこれ。戻して来い」と言いそうになった時、俺達の後ろから何者かが声をかけてきた。

「おいおい、その依頼は俺達が目をつけてたんだよ。ブロンズごときが出しゃばるなっての」

いきなりカチンとくる事を言う奴だ。

何者かと振り返れば、白いプレートメイルに装飾品が散りばめられた長剣を腰に挿し、金色の長髪を背中に流した美形の男が立っていた。

うん。物凄い派手な奴だ。

派手男の横には、その肩にしなだれかかる青い髪の女がいた。高価そうなローブを着て先端に大きな宝石のはめ込まれた杖を持っている。なかなかの美人だ。

そしてその横には派手男より少し身長は低いものの、これまた白いプレートメイルを身につけ長い槍を持った黒髪の男がいた。お揃いなのか？

「お前らにこなせる依頼じゃないんだから、身の程わきまえろよ。おら、よこせよ」

こちらが何も言わないでいると三人組はつかつかと歩み寄り、当然のように依頼書を引っ手繰《たく》ろうとする。

気後れしたアミルが渡そうとするので、横から俺が奪い取った。スカッと空《くう》を切った手に呆気に取られた美形が、キッと俺の方を睨みつけてくる。

「おい、何のマネだ？　せっかく代わりに受けてやろうって言ってんのに」

「やかましい。これは俺達が受けた依頼だ。外野が口を出すなよ」

明らかに格下であるブロンズランクの冒険者に反抗されたのがよほど意外だったのか、美形が半笑いになって言う。

「正気か？　それシルバーランクの依頼だぞ。お前らが受けても死ぬだけだっての」

「そうそう、まだ死にたくないでしょ？　ボク達」

「やーね。これだから素人は」

取り巻き共がうるさい。確かにこの依頼、俺達のランクなら厳しいのだろう。

こいつらのレベルを見ても20台前半だし、適正レベルがそれぐらいなのも何となくわかる。

だがこういう高圧的な物言いをする奴には、どうしても素直に従いたくない。

「お、おいエスト……別に譲ってもいいいんじゃないのか？」

「ご主人様……」

みんなが不安そうな顔で俺を見ている。

だが、しばらくこの街に滞在するんだ。ここで折れたらこいつ等と顔を合わせるたびに負け犬の気分を味わう羽目になる。

せっかく異世界に来たのに、また前世の部長のような他人を馬鹿にして喜ぶ奴に頭を下げるなど、絶対に嫌だ。

「何度でも言ってやる。この依頼は俺達が先に受けたんだ。他を当たるんだな。どうしてもと言うなら金貨五枚で譲ってやる」

俺の挑発に一瞬怒りで顔色が変わった美形達だが、すぐにニヤついた表情に戻った。

「そっかそっか。わかったよ。だが気をつけろよ。その依頼は失敗したら罰金あるからな。それに冒険中に事故はつきものだ。周りに十分気を配るんだな」

そう言うと奴らは去っていった。意外にあっさり引き下がったが、ああ言った連中がこのままで終わらせるとは思えない。

何か手を打つか……。俺が奴等の背中を睨みつけ考えていると、慌ててアミル達が俺に詰め寄って来る。

「おいエスト！　どうすんだよこれ。今さら戻せなくなったぞ。それにあいつら物騒な事言ってたし」

「落ち着いてアミル。エストには何か考えがあるみたいだから。まずは話を聞いてみましょう」

レレーナは落ち着いてるな。アミルには勿体無い娘だ。

クレアも不安そうだが騒ぎ立てたりしてないぞ。

「アミルの言うとおり、この依頼は俺達には厳しいだろうな。それにあいつ等が妨害してくるかもしれないし」

「ならなんで！」

食って掛かってくるアミルを手で押しとどめて続ける。

「だが俺に考えがある。依頼の期限は二週間あるんだ。その間に俺達の力を底上げすれば良い。そうすれば依頼も問題なくこなせるし、奴らが妨害してきたところで返り討ちに出来るだろう？」

俺としては名案のつもりだったのに、みんなはポカーンとした顔をしている。

アレ？　予想外デース。

「お前……簡単に言うけど、そんな簡単にレベルアップなんて出来ないぞ？　第一どこでレベルを上げるんだよ」

しかめっ面をしながら言うなよ。今説明してやる。

俺の考えた手はこうだ。

まず依頼の有効期限の内、半分をダンジョンに潜ってひたすらレベルアップ！　同時に商人ギルドの行商人達に聞き込みをして、オーガ達の大体の居場所を掴んでおく。念のために情報屋に小銭を掴ませておくと尚良いだろう。そして残り一週間となったらオーガの討伐に出発するのだ。良い作戦だろう？

「う～ん」

話を聞いたアミルは難しい顔をしているが、クレアとレレーナはそうでもないようだ。

「……不可能ではないと思うわ。エストには経験値アップっていう変わったスキルもあるし。現にオークを倒しただけで2もレベルが上がったでしょ？」

「そっか！　あの調子でレベルが上がれば、何とかなるかもな！」

可能性が出ただけでアミルは急に上機嫌になりやがった。現金な奴だ。

それにしても、厳しい状況になったが売られた喧嘩は買わねばならない。人を馬鹿にした態度も気に入らないしな。俺達の力で目に物見せてやろう。

そうと決まれば時間がもったいないので、早速ダンジョンに向かう準備をしよう。

経験者であるアミル達の話によれば、ダンジョン探索にはこんな感じの決まりがあるようだ。

ダンジョンは入る時に小銀貨一枚を徴収される。

入り口の受付で自分の名前とプレートを登録し、何日滞在するかの予定を申告しておく。申告した滞在期間を過ぎた場合救出隊の派遣《はけん》を望むか望まないかも聞かれ、望む場合は一人につき銀貨一枚を払う。

このお金は期限どおり無事に帰ってきた時に返却されるが、期限を一日でも過ぎるとそのまま徴収されてしまう。

たとえ自力で帰ってきたり途中で捜索隊と遭遇したとしても関係ないらしい。

地下五階までの低階層にはギルド側の作った安全地帯が設《もう》けられていて、そこに居る限りは魔物達が近づいて来る事は無い。それ以降になると危険度がぐっと上がるという訳だ。

ダンジョン入り口には各種雑貨屋や携帯食料品店、ギルドの魔石や素材の買取を行うカウンター……いわゆる出張所と、武器や防具の修理や販売を行う鍛冶屋の出張所も併設されているそうだ。

いちいち街に戻って装備を整えるのは面倒だし、連続でダンジョンに潜りたい冒険者が多いので自然と出来上がったらしい。冒険者にとっては非常にありがたい。

鹿の角亭に戻って宿を引き払い、前払いした宿賃の差額を返してもらう。

クレアを先にアミル達との待ち合わせ場所に向かわせ、俺はそのまま商人ギルドに走る。

談笑している行商人達の横を抜け、受付の禿《は》げた親父に話しかけた。

「すいません。街道西でのオーガの討伐依頼について、ちょっと相談があるんですが」

依頼書を見せると親父はジロリと俺を一瞥《いちべつ》し、話の続きを促した。

商人の割りには随分と無愛想な親父だな。

街道沿いを通る行商人からオーガの目撃情報を集め、人を使って大体の巣の場所を探して欲しいと依頼してみた。

「一週間だったな。行商人の話を集めるだけなら小銀貨三枚、人を使って調べるなら銀貨二枚だ。先払いでな」

思ったより高いな。だが背に腹は代えられない。それに今回の依頼が上手くいけば、十分おつりが来るだろう。

「ではそう言う事で。お願いします」

あとひとつ頼み事をしてから親父に金を払い、待ち合わせ場所に急いだ。

待ち合わせ場所であるダンジョン受付の前では、先行したクレアとアミル達が合流して俺を待っていた。どうやら気を利かせて、保存食や簡素な寝具を買っておいてくれたらしい。

礼を言って代金を払い、受付をする。手続きに必要な代金を出しながら必要な書類に記入していった。

「エストさん達は四人パーティーですね。ブロンズランク……と。滞在期間はどれぐらいにしますか？」

手続きの最中、受付に座っていたいかにも事務員っぽい黒縁眼鏡のおっちゃんに質問された。て言うか、この世界にもメガネがあったのか。

「一週間を予定しています」

「一週間……と。これで受付は完了です。お気をつけて」

おっちゃんは名簿に俺達の名前やランク、滞在期間を記入すると、手を振りながら見送ってくれた。

初めて入るダンジョンの入り口は、想像していたような如何《いか》にも洞窟《どうくつ》といった感じではなかった。鍾乳洞《しょうにゅうどう》のような物を想像していたんだが、これだと昔の鉄道が通っていたトンネルのほうが近い。

前衛を俺とアミル、後ろにクレアとレレーナといった布陣で進んで行く。

一列になったほうが奇襲攻撃を受けないですむんだが、俺にはマップがあるため二列横隊で進む。

アミル達はマップのスキルを持ってる奴と組んだことが無かったようで、随分ありがたがられたな。

先に進むにつれ入り口からの光が届かなくなったので、ここで初めてカンテラに火を灯《とも》す。

地下五階までの地図は無料で支給されているため迷うことは無い。その代わり宝箱なども無いようだが……。

しばらく進むとマップスキルに反応があった。数は七、結構移動速度が速い。

「敵だ！　こっちに来てるぞ！」

全員に警告して、武器を抜いた俺とアミルが少し前に出る。壁役だから俺達で引きつけなければならない。

球状にした火炎魔法をゆっくりと通路の先に飛ばすと、明かりに照らされた敵の姿が判別できた。

人の頭ほどある蝙蝠《こうもり》だ。

レベルは低いがあの手のタイプは吸血攻撃をするので、とり付かれないように上手く立ち回らなくてはならない。

『ジャイアントバット：レベル５』

前衛の俺達が武器を構えると同時に、俺達を発見した敵が突っ込んできた。背後からピュッと音がすると、先頭の蝙蝠に矢が突き刺り地面に落ちる。さすがだクレア。

「はっ！　……げ、避けられた⁉」

「何やってんだ！」

アミルの剣を掻い潜った一匹が俺に向かってきたので、腰を落とし盾を構える。

ガツッと言う鈍い音と共に衝撃が腕に伝わると、羽ばたけなくなった蝙蝠が地面に落ちていた。すかさず剣を突き立ててとどめを刺す。

「この！」

次の矢を放とうとしていたクレアに迫る一匹を、横から飛び込んだレレーナが迎撃した。レレーナの振り抜いたモーニングスターは蝙蝠の顔面にめり込み、一匹を戦闘不能にする。

最初に戦闘になった数匹から少し遅れて、蝙蝠達の後続が目視できる距離に近づいて来た。そこに狙いすました俺の魔法が炸裂《さくれつ》する。

「これでどうだ！」

最大の威力で放射状の火炎魔法を放つと、まともに火炎に突っ込む形になった数匹が一瞬で焼け焦げて地面に落ちる。

後ろに視線を向けると、残りの蝙蝠をアミル達が仕留めていたところだった。

まずは無事に戦闘終了だ。ここで全員レベルアップ。

●エスト：レベル16
ＨＰ　230／230
ＭＰ　175／175
筋力レベル：２（＋２）
知力レベル：３（＋３）
幸運レベル：１
▼所持スキル
『経験値アップ：レベル２』『剣術：レベル２』

※隠蔽中のスキルがあります。

新たなスキルを獲得できます。次の中から選んでください。
『HPアップ』
『MPアップ』
『幸運アップ』
『回復魔法』

●クレア：レベル8
HP　90／90
MP　23／23
筋力：レベル2
知力：レベル1
幸運：レベル2
▼所持スキル
『弓術：レベル1』

アミルはレベル10から11に。レレーナは9から10にそれぞれ上がっていた。

今回のレベルアップで、俺の基礎ステータスにある知力が上がっていた。そのおかげか、新たなスキルに回復魔法が追加されているので、迷うことなく選択する。

これで多少の怪我なら自力で治せるようになっただろう。

まだ誰も怪我していないので使う機会は無いが、使い方をレレーナに聞いておこう。


俺達は地下二階に到達した。ここまで来るのに三時間ほどかかっただろうか。

戦闘は蝙蝠と戦ったきりだが歩みは遅い。

マップに敵は表示されても罠の位置まではわからないので、どうしても慎重に行動しなければならないからだ。

もっとも、まだ低階層なので罠はあからさまな作りとなっていた。だって床や壁の色が違ったりするし。これで気づかない方がどうかしているだろう。

慎重に進んではいるが、まだ話しながら歩く程度は余裕がある。

俺はさっきの戦闘で使えるようになった回復魔法のレクチャーをレレーナから受けていた。

「知らない人なら単純に見えるけど、回復魔法にはいくつかの種類があるの」

教えてもらった事をまとめると、まず直接相手に触れて治療するタイプ。これが一番治りが早いらしく、緊急時でもない場合はこれが基本なんだとか。

次に遠距離から相手に治癒の力を届けるタイプ。直接触れるほど治りは早くなく、徐々に傷が治っていくようだ。

最後に範囲を限定して回復する方法。これは任意の場所に回復魔法を留めて置き、その範囲に入った者は誰でも癒してくれるというタイプだ。これが一番持続力が長いらしい。だが敵味方関係なく癒してしまうので使いどころに悩むな。

一応アミルを実験台にして全て試してみた。指の先を少し切るだけだというのに大騒ぎされた。

「自分の指を切ればいいじゃないか！」

「自分のだと痛みで集中できないかもしれないし、なにより痛いのは嫌だ！」

「何偉そうに言ってんだよ！　俺だって痛いのはヤダよ！」

まったく大げさな。それでも冒険者かと思っていたら、なぜか俺達二人はクレアとレレーナに残念な人を見る目で見られていた。なぜだ？


支給された地図によると、そろそろギルドが設置した休憩地点があるらしい。しばらく進むとその休憩地点らしき場所が見えてきた。

地面がほんのり光を放ち、じわじわと体力が回復していく感覚がある。どんな仕組みか知らないが、随分便利なものを造ったようだ。

他の冒険者も見当たらないので気を使う必要もないし、ここで一旦休憩として食事を取る事にした。

鉄製の鍋を取り出して、バナナによく似た果物と保存用に持っていたパンを細かく切って、鍋に投入する。そこに少しだけ持ってきた山羊乳をそそぎ、弱火で軟らかくなるまで煮ると完成だ。

ちょっと山羊乳の臭みはあるがとても美味しい。全員お替りするとすぐ鍋が空になった。

食後の一服中に今後の方針を話し合っておこう。目標が無いと行動しにくくなるからな。

「まず、どの階層を目標として潜るのか、それとも時間の許す限り潜れるだけ潜るのかを決めておきたい」

俺の言葉にそれぞれ違った反応が返ってくる。

「俺としてはなるべく下の階層まで行きたいな。依頼でオーガの群れと戦う事を考えると、できるだけ戦闘に慣れておきたい」

「そうね。でも戻る時間も考慮に入れないと駄目だし、目標は決めておいても良いんじゃないかしら？」

アミルとレレーナはそれぞれ意見が違う。

クレアの意見はないのかと視線を向けると、彼女は二人とはまた違った意見を口にした。

「階層を決めて潜るのも良いと思いますけど、レベルを目標にしても良いのではないでしょうか？」

なるほど。要はオーガ達とやりあえるレベルに到達すれば依頼に向かっても良いわけだしな。

アミル達も賛成なようだし、その線でいこうか。結論として、俺達に絡んできたシルバーランクの美形達と同じ、レベル20台前半を目指す事にした。

腹も膨れて体力も戻り、さあ行くかと再出発した途端マップに敵の反応が出現した。

数は三。多くないから大丈夫だろう。

武器を構えて待ち構えていると、マップ上の敵の反応が近距離で移動するのを止めた。こちらに気がついたのだろうか？

動かない所を見るとどうやらそうらしい。となれば先制攻撃あるのみ。

曲がり角で待ち受けているらしい敵に対して火炎球を放つ。

着弾して炎を撒き散らすと、熱さに耐えられなくなったのか敵が飛び出してきた。

『幻惑キノコ：レベル８』

人間の子供の身長ほどの大きさのキノコに、手足が生えている。動きも鈍重で手足も短く戦闘能力はそんなに高くないが、ギルドの事前情報によると、確か厄介《やっかい》な状態異常攻撃をしてきたような……。

引っかかりを覚えて手が止まった俺をよそに、クレアが何発か弓を放っていた。

だが仕留めたのは一匹だけのようだ。残りは身体に矢を突き立てながらも、少し勢いが落ちただけでそのまま突っ込んで来る。

見た目より耐久力があるみたいだ。

「いくぞ！」

「おう！」

俺とアミルが剣を抜き放ち接近戦を挑む。

敵には攻撃を避けるほどの敏捷性《びんしょうせい》も無い。ほぼ正面から二人同時にキノコを切り裂いた。

体を切り裂かれて平気なほどの耐久力は無かったようだ。斬った瞬間キノコの傘の部分が一瞬縮んだので、嫌な予感がした俺は盾を前にして後ろに飛び退いた。

その瞬間、傘の部分が弾けて白い粉を撒き散らす。

そうだった、こいつは幻覚を見せる毒の粉を撒き散らすんだった！

飛び退いて難を逃れた俺は無事だったが、近くに居たアミルはモロに毒の粉を吸い込んでしまったようだ。すぐにアミルの表情がだらしなく歪む。

なにやら幸せそうな顔だな。なんかムカついてきたぞ。

これはヤバイ薬が完全にキマッたという状態だろうか。人の心配をよそにアミルは突然訳のわからない事を言いだした。

「あれ～？　なんでみんな服着てるの～？　せっかくお風呂入りに来たのに、脱がなきゃ駄目じゃないか～」

そしてなんと、突然ズボンを脱ぎ出したのだ。

「キャアァッ！」

「てめえアミル！」

悲鳴を上げてクレアが目を逸らす。なんて粗末《そまつ》なモノ見せやがるんだこの野郎！

キャーキャーと大騒ぎしているクレアをなだめながらふとレレーナを見てみると、彼女は能面のような表情でラリってるアミルを見つめていた。怖えぇ！

レレーナはツカツカと無言でアミルに近寄ると、幸せそうな表情のアミルに力いっぱいビンタをかました。

バシッと鞭で叩かれたような音がして空気が震える。ついでに俺も少し震える。

倒れ伏したアミルは下半身丸出しで頬を真っ赤にして、呆然と固まっている。

レレーナさん、確か解毒魔法を使えたはずですよね？

アミルが一生モノのトラウマを抱えてしまったが、戦闘は無事勝利に終わった。

今回俺はレベルアップなし。俺以外のメンバーは上がっていた。

●クレア：レベル9
HP　110／110
MP　30／30
筋力：レベル2
知力：レベル1
幸運：レベル2

▼所持スキル
『弓術：レベル1』


アミルはレベル11から12に。レレーナは10から11にそれぞれ上がっていた。

探索を再開してアミルに話を聞いてみると、さっきの出来事はしっかり覚えていたようだ。

「今すぐ死んじゃいたい気分だ……」

うつろな顔で呟くアミルの背中を叩き、気にするなと言っておいた。

君の大事な部分は通常の男性と違って、皮で防御力が上がっている素晴らしいモノだと慰めたら、恨みがましい目で見つめられた。なぜだ？


地下三階に到達した。仲間の一人が精神的なダメージを負ったものの、このままダンジョン潜行を続けるのに支障は無い。

幻惑キノコの後スライムの変異種であるブルースライムが何匹か出現したが、火炎魔法一発で片付いた。

「今でダンジョンに入ってから何時間ぐらい経ったかな？」

「十二時間ぐらい。ほぼ半日ね」

ダンジョン内で正確な時間は計りづらい。ではどうやって時間を計っているのかといえば、懐中時計によってだ。

と言っても元の世界のような機械式ではなく、魔石を利用した簡素な作りになっている。

魔石の純度によって正確さや使える期間も変わってくるため誤差は生じてしまうが、燃料となる魔石はダンジョンに潜っている限り事欠かない。つまりは物理的に壊れない限り、半永久的に使える時計なのだ。

「次の休憩所を見つけたら、今日はそこで野宿しよう」

みんな疲れが溜まっているのか、力なく返事をしてきた。

無理もない。ランタンがあるとは言え、長時間真っ暗闇の中を戦闘しながら歩いてきたんだ。消耗するのは当然だろう。

疲れた足を引きずりながら辿り着いた休憩所には、既に先客のパーティーがくつろいでいるところだった。

「よお、お疲れさん」

俺達より少し年上の兄ちゃんが声をかけてきた。

彼らのパーティーは俺達と同じ四人。パッと見る限り、戦士が二人に盗賊が一人、後は僧侶《プリースト》が一人という構成だ。

最初は男だと思っていたが、戦士の内一人は女だった。随分大柄だ。身長が二メートル近くあるんじゃないか？

他のメンバーは全員男だが、体格的にはこの女が一番強そうだ。レベルは平均で12。ちょうどアミル達と同じぐらいか。

「どうも。俺達も休憩させてもらって良いかな」

「もちろんだ。ここは誰の物でもないからな。自由に使ってくれ」

そう言うと少し端に寄ってくれた。親切な人達だな。

俺達が食事の準備をしているとさっきの兄ちゃんが寄ってきて、取引しないかと持ちかけてきた。

「俺達のパーティーはもう帰る途中だからさ、余った食料とか買い取らないか？　安くしとくよ」

なんでも、彼等は二週間ほど潜ってレベル上げに励《はげ》んでいたんだとか。

安全地帯のある地下五階までしか行かなかったらしいんで、思ったほど経験値は稼げなかったそうだ。

やはり本格的にレベルを上げようと思ったら、更に下に潜る必要がありそうだな。

渡りに船とばかりに、取引に応じる事にする。手に入ったのは干し肉やチーズ、豆類がいくつかと言った日持ちしそうな物。

特に嬉しかったのは米があったことだ。この世界にも普及していて、珍しい食べ物でもないらしい。ただ調理方法があまり確立していないので粥《かゆ》にするぐらいしか無いようだが。

ふたつのパーティーで交代で見張りしながら、その日は休む事にした。いくら安全地帯でも警戒を怠ってはいけないからだ。

翌朝……と言っても真っ暗なままだが、懐中時計が午前六時を指した頃、俺達は出発の準備を始めた。硬いパンとチーズをかじって水で流し込むだけの、簡単な食事を済ませる。

気を付けてな、と別れを告げて街に戻る彼らに手を振って下の階層を目指した。

警戒して進んでいたはずなのに、四階に下りる直前、至近距離に突然敵の反応が出た。

「敵！　近いぞ。何で気づかなかったんだ⁉」

すぐに仲間に警告する。

階段に続く通路の壁の一部が突然動き出したと思ったら、それらが人型になって襲い掛かってきたのだ。ゴーレムだ。

「近寄るまで活動してなかったから、マップスキルじゃ敵と認識できなかったのかもしれないわね」

レレーナが冷静に指摘してくれるが、検証は後にして今は迎撃を優先しよう。

ゴーレムの大きさは二メートル五十センチぐらいか。

一般的に動きは鈍いがパワーが凄まじい魔物で、その一撃は簡単に岩をも砕く恐るべき敵だ。それに全身が石で出来ているため、剣も魔法もあまり効果が無い。

数は二体。レベルは15。こんな低階層で出てくる敵じゃないはずだ。

「こっちだ！　かかってこい！」

パーティーの中で一番頑丈な俺が敵を引き付ける。盾に剣をぶつけ、派手に音を立てて敵の注意を引く。

挑発が効いたのか、ゴーレムが二体ともこちらに向かってきた。

とにかくまともに攻撃を受けたらやられてしまうので回避に専念するしかない。

近づいてくるゴーレムに火炎球を連射するが、表面が焼け焦げただけでダメージを受けた様子が無い。

「この！」

隙を突いてアミルが後ろから剣を叩きつけるが、少し背中が欠けただけだ。ゴーレムはアミルの事を脅威とみなしていないのか見向きもしない。

レレーナとクレアがゴーレムの足を狙って攻撃するも、非力なためにあっさりと弾かれてしまう。

ブンッと唸りを上げながら迫るゴーレムの一撃をかわすと、間髪入れずに別のゴーレムが連続で拳を打ち込んできた。

必死でかわし続けるが次第に避けきれなくなり、盾で受けるしかなくなった。

「がっ！」

ゴーレムの一撃を受けた盾ごとそのまま何メートルも吹っ飛ばされて、俺は勢いよく壁に叩きつけられた。

盾を持った腕が鈍い痛みを発している。折れてないかこれ？　頭もくらくらするし、まるで車に撥《は》ねられたみたいだ。

動きの止まった俺にとどめを刺すつもりなのか、ゴーレム達がゆっくり歩いてくる。これはヤバイかも。

「ご主人様！」

俺のピンチに何を思ったか、クレアがゴーレムの頭に飛びついた。

ゴーレムが引き剥がそうと腕を振り回すものの、クレアはうまく避けて離れようとしない。

引き離すのが無理と悟ったゴーレムが、今度はクレアを叩き潰そうと自分の頭に拳を叩き付けると、拳が当たる直前でクレアはゴーレムから飛び退いた。

俺達の一撃を物ともしなかったゴーレムだったが、流石に自分の一撃には耐えられなかったようだ。

グラリとバランスを崩したゴーレムが倒れ、その拍子にゴーレムの足の裏に光る石が見えた。

「それを壊せ！」

叫ぶと同時に、アミルとレレーナがそれぞれの武器を光る石に叩きつけた。パリンとガラスの割れるような音がして、倒れてもがいていたゴーレムが一瞬でバラバラに崩れ去る。

「それが弱点か！」

自分で回復魔法を使い、俺もなんとか戦闘に復帰する。弱点がわかればこっちのもんだ。

アミル達の波状攻撃を受け腕を振り回すゴーレムの足元に潜り込むと、剣をゴーレムの股の間に差し込む。折れる心配があるが、命には代えられない。

レレーナを殴ろうと方向転換する途中、ゴーレムは股の間にある剣に引っかかってバランスを崩し、地響きを立ててその場に倒れ込んだ。

すかさずクレアが走り寄り、足の裏にある光る石を叩き壊すと、パリンと音がしてゴーレムが砂《じゃ》利《り》の山になる。

砂利の山から剣を拾い上げると傷もついていなかった。良かった。また買い直しとか勘弁してほしいからな。

「ご主人様、お怪我はありませんか⁉」

「うん。なんとかね」

クレアが駆け寄ってきて俺の体をあちこち見て回る。

大丈夫だよ。お前を残して死んだりしないから。頭を撫でてやると安心したようだ。

「危なかったな、死んだかと思ったぜ」

「死に掛けはしたけどな。それより魔石の回収だ」

ゴーレムだった細かい砂利の山を見て少しウンザリするが、せっかくの戦利品を放って置く訳にもいかない。

砂場で遊ぶ幼児のように無邪気な気分になれないので、俺達はもくもくと掘り返していた。

「あった」

「こっちも見つけました」

見つかった魔石は今まで回収してきた魔石と違い、淡い光を放っていた。これは結構な収入になりそうだ。

予想外の強敵だったが、その分経験値も大量に獲得できた。

●エスト：レベル18
HP　280／280
MP　210／210
筋力レベル：2（＋2）
知力レベル：3（＋3）
幸運レベル：1
▼所持スキル
『経験値アップ：レベル2』『剣術：レベル2』
※隠蔽中のスキルがあります。

新たなスキルを獲得できます。次の中から選んでください。

『HPアップ』

『MPアップ』

『幸運アップ』

『盾：レベル2』

●クレア：レベル12
HP　180／180
MP　48／48
筋力：レベル2
知力：レベル1
幸運：レベル2
▼所持スキル
『弓術：レベル1』『みかわし：レベル1』


アミルはレベル12から14に。レレーナは11から13にそれぞれ上がっていた。

クレアが新しいスキルを獲得してるな。今回ゴーレムに飛びついて自爆を誘発したからだろうか？　彼女の安全性が高まるなら良いことだ。

今回は防御力不足を痛感した。

高レベルになるとゴーレムの攻撃ぐらい何とも無いんだろうけど、今はそこまでレベルを上げてる余裕は無いからな。技術でカバーしよう。てことで『盾：レベル2』を獲得。

俺達パーティーは、丸一日かけてやっと地下四階まで到着した。

他と比較した事が無いのでわからないが、ダンジョン初心者だとこんなものなのだろうか？

道中アミル達と話してわかった事だが、実はダンジョンと言うのは冒険者達にとってあまり人気が無いそうだ。

レベルを上げるのに最適でお宝も多いが、出来るなら避けたいのが本音らしい。

真っ暗闇の中では精神的にも肉体的にも消耗するし、限られた水や食料をやり繰りし、交代で見張りを立てなければならないので熟睡もできない。

また、日数が経つごとに風呂にも入れず顔も洗えず、歯も磨けない。トイレは基本物陰で済ませるしかない。段々臭くなっていく自分や仲間に辟易《へきえき》させられるそうだ。

これは特に女性冒険者からの不満らしい。

火炎系と氷結系の魔法を使えればお湯も作れるが、俺みたいに火炎と氷結の相反する魔法を両方使える人間は珍しく、大概の冒険者はダンジョンから出る時に強烈な体臭を放っていることが多い。

どちらかの系統が使える魔法使いが二人いれば解決するのだが、人数が増えればその分食料も飲料も必要になりお宝の取り分も減るから、わざわざ二人も魔法使いを参加させるパーティーは少ないそうだ。

今俺達とすれ違ったパーティーもそんな状況にあるのだろう。すれ違う瞬間、牛乳を拭いてそのまま干した雑巾《ぞうきん》のような匂いが漂っていた。

俺は咄嗟に息を止めてやり過ごしたが、アミルは口開きっぱなしの口呼吸に切り替えたようだ。やめろ、アホに見えるぞ。

クレアは獣人のために俺達より嗅覚《きゅうかく》が鋭いのか、可哀想に涙目になっていた。

「お風呂入りたいわね……」

「そうですね……」

そんな事は無理とわかっていても、言わずにはいられないのが女の子というやつか。

何か道具があれば良いんだが、桶や樽《たる》を持ち運べるはずもないので、ここは我慢してもらうしかない。

マップ上ではそろそろ五階の階段が見えてくる頃だ。

ゴーレムの襲撃を受けてからというもの、俺達の歩みは更に遅くなった。マップが万能ではないと実感したからだ。低階層だから敵と遭遇する確率が低い分マシなのだが。

そしてようやく近づいて来た階段の前で、まるで俺達の前に立ちはだかるように敵の反応があった。

数は一。単独で行動するとは珍しいな。よほど強力な敵なんだろうか？

視界に入った時、そいつは普通のスケルトンに見えた。

だが普通のスケルトンは人間の骨で出来たアンデッドである。

目の前の敵のように、背中に翼竜のような翼の骨格など存在しない。頭蓋骨《ずがいこつ》も明らかに人間の物ではなく、ワニを連想させる爬虫類《はちゅうるい》系の物だ。

「竜牙兵《りゅうがへい》だ……」

アミルが呆然とした表情でぽつりと呟いた。

竜牙兵？　俺のゲーム知識が正しいなら、ドラゴンの骨を依代《よりしろ》に熟練の戦士の魂を宿らせた強敵のはずだ。その剣技は生前に勝るとも劣らず、下手な冒険者などダース単位で切り伏せると言われている。

『竜牙兵：レベル25』

レベルを見て驚愕した。なんでこんな階層にここまで強力な敵が出てくる⁉

俺達を視界におさめた竜牙兵がゆっくりとこちらに近づいて来る。

最悪の場合は逃げる事すら不可能かもしれないと、半ば覚悟しつつ剣を抜く。

クレア達も決死の表情で武器を構えた。

よく見ると、奴の足元には今まで切り伏せられたと思われる冒険者達が何人か横たわっていた。

下の階層から逃げてきたは良いが、ここまで追撃されて倒されたのだろう。ピクリとも動かないので生存は絶望的だ。

だがタダでやられたとも考えにくい。竜牙兵が出現するぐらいの階層まで辿り着いた冒険者達なのだ。奴は手負いである可能性が非常に高い。

勝機は薄いが、今はそれに賭けるしかない。

「いくぞ！」

覚悟を決めて飛び出すと、少し遅れてアミルも続く。クレアとレレーナは左右に散って波状攻撃に備える。

まず正面から頭部を狙って斬りつけるが、あっさりと盾で受け止められた。お返しとばかりに斬りつけてきた鋭い一撃を、盾で受け止め外側に流す。

同時にアミルが背中から切りつけるが、奴は盾を持つ左腕を背中側に回してはじき返した。

追撃する俺の剣は右手に持つ剣でさばき、俺とアミルをまとめて相手にしている。

ちくしょう！　こっちは全力だってのに、奴にはまだ余裕がありそうだ。

剣戟の最中に奴はその場でふわりと浮き上がると、アミルに向かって鋭い蹴りを放つ。翼の骨は飾りじゃなかったのか！

「げほっ！」

思いがけず腹部に蹴りを喰らったアミルは攻撃の手を一瞬止めた。

その一瞬でアミルの首を切り落とすべく振り下ろされた鋭い斬撃を、飛び込んできたレレーナが辛うじて受け止める。しかしすぐに武器を弾き飛ばされ、袈裟懸けに切りつけられた。

「レレーナ！」

アミルが悲痛な叫びを上げる中、レレーナは無言で後ろに倒れ込んだ。

更に追撃しようと剣を振り上げる竜牙兵に俺が盾ごとぶつかり阻止すると、逆上したアミルが雄叫びを上げて突進してきた。

「おおおおおっ！」

凄まじい踏み込みで奴の眼前に迫ったアミルは一刀両断しようと『唐竹割り』を発動したが、大振りになった隙を見逃してくれるほど奴は甘くない。

剣を振りかぶり無防備なアミルに竜牙兵は容赦《ようしゃ》なく鋭い一撃を打ち込んだ。

「がは！」

身に着けた鎖帷子もろとも胴を裂かれたアミルだったが、彼は自分のダメージもお構いなしに血を吐きつつも全力で剣を振り下ろす。

その決死の一撃は竜牙兵の右肩を砕いた。が、力を使い果たしたアミルがその場に倒れ込む。

その瞬間、隙が出来るのを待っていたクレアが足元に走り込み、奴の右足に渾身の力を込めて短剣を叩きつけた。

他の冒険者達が与えたダメージが蓄積《ちくせき》していたのか、奴の右足の膝から先が砕け散った。

すかさず俺が頭部目掛けて容赦の無い一撃を喰らわせると、完全に戦闘力の無くなった奴の全身はボロボロと崩れだした。なんとか倒せたようだ。

「アミル！　レレーナ！」

慌ててレレーナとアミルの回復に走ろうとしたが、二人は怪我など無かったかのようにその場に立ち上がった。

「あれ？」

あ、そっか。レベルアップしたのか。それで全快するのを忘れていた。

●エスト：レベル20
ＨＰ　３２０／３２０
ＭＰ　２３５／２３５
筋力レベル：３（＋２）
知力レベル：３（＋３）
幸運レベル：１
▼所持スキル
『経験値アップ：レベル２』『剣術：レベル２』
※隠蔽中のスキルがあります。

新たなスキルを獲得できます。次の中から選んでください。

『HPアップ』
『MPアップ』
『幸運アップ』
『火炎魔法：レベル2』

●クレア：レベル16
HP　240／240
MP　63／63
筋力：レベル2
知力：レベル1
幸運：レベル2
▼所持スキル
『弓術：レベル1』『みかわし：レベル1』
『剣術：レベル1』

激戦だっただけあって、俺以外はレベルが大きく上がっている。
アミルはレベル14から17に。レレーナは13から16にそれぞれ上がっていた。

俺はやっとレベル20の大台に乗ったか。ここまで長かったな。

クレアも剣を使う機会が増えたおかげか、剣術スキルを獲得していた。

俺は基礎の筋力も上がっていた。そろそろ物理攻撃だけで戦うのも辛くなってきたので、今回は『火炎魔法：レベル2』を獲得。


地下五階に到達した。ギルドが安全地帯を設置しているのはこの階までだ。

ここから先はひとつ階層を下りるごとに、危険度が跳ね上がっていく。

まずみんなの状態を再確認しよう。レベルアップで全快するとしても念のためだ。

アミルの鎧は腹の部分が横一文字に綺麗に切られているな。装備していたのが革では無く鎖帷子だから即死を免《まぬが》れたのかもしれない。

その代わりに鎧は切り裂かれた腹の部分から下が足元までずり下がっていて、行動を阻害してしまいそうだ。

このままでは戦えなくなるので、腹から下は破棄する事になった。

レレーナは装備していた鉄の胸当てに、左肩から胸の中ほどまでの切れ込みが入っていた。

これ、致命傷じゃなかったのか？　すぐにレベルアップしていなかったら、ひょっとすると死んでいたかもしれない。改めて竜牙兵の強さを再認識させられた。

二人とも街に帰還したら防具を買い直さないと駄目になったな。

苦労して倒した竜牙兵からは緑色に輝く魔石が採れた。高レベルの敵だし、高値で売れるだろう。

次に火炎魔法レベル2の威力を試してみる。

従来の放射状と火炎球を撃ち出すタイプの威力が単純に上がっていて、威力は倍ぐらいになっているのと、あとひとつ使える種類が増えていた。

見た目は火炎球に似ているサッカーボールぐらいの大きさの玉だが、火炎を撒き散らさずに爆発するだけだった。

試しに地面に撃ってみると大きな爆発を起こして周囲の岩壁を破壊し、地面には小さなクレーターが出来た。これは装甲の硬い敵に対して有効だろうな。

さて、防具は心もとないが、気を引き締めなおして探索を再開しよう。

歩を進めて行くと、さっそく敵の反応があった。

地図上では大き目の広間になっている場所だ。敵の反応はそこから動いていない。数は十。結構多いな。

慎重に進み敵の様子を覗き見ると、体格の大きなゴブリンが何匹か居るのが見えた。中には杖を持ったゴブリンも居る。

「ホブゴブリンとゴブリンシャーマンだ」

アミルが小声で教えてくれる。

なるほど、あれがそうなのか。奴等は低階層によく出て来るゴブリンの上位種のはず。

「シャーマンて事は何か召喚するのか？」

「わからない。精霊を召喚して使役する事もあるが、中には強力な魔物を召喚する変わり種もいるらしい。どちらにせよ油断は出来ないぜ」

その通りだ。油断せずに最初から全力で攻撃しよう。

早速覚えたての爆発魔法を喰らわせてやろうと、魔力を高めながらゴブリン達の中央に着弾するイメージを練る。

すると俺達の気配を察知したのか、ゴブリン達が急に騒ぎ出した。

だがもう遅い。魔法は既に完成しているのだ。

物陰から飛び出した俺は、そのまま魔法を放って盾を構える。

高速で飛んでいった光の玉がゴブリン達の中央付近に着弾した瞬間、ドンっと空気を震わせる破裂音と共に、周囲に衝撃波が撒き散らされた。

衝撃で吹き飛んだ瓦礫《がれき》やゴブリン達の手足が千切れ飛び、マップ上にある敵の反応が次々と減っていく。

「やるぞ！」

「おうよ！」

そこに武器を構えた俺達が突っ込んで行った。敵の数は半分ほどに減っていて、生き残りも負傷しているので負けることは無い。

走り込みざまに一匹のホブゴブリンの首を刎《は》ね飛ばす。

俺に攻撃しようとしたホブゴブリンの腕をアミルが切り落とし、そのまま腹を大きく裂いて仕留めた。

次の獲物と視線を動かすと、目が合ったホブゴブリンの頭に矢が刺さる。やるなクレア。

その後ろでは、一匹のゴブリンシャーマンの頭をレレーナがモーニングスターで叩きつぶしていた。怖いです。

残るは一匹のゴブリンシャーマンのみ。

しかし俺達が仕留めるよりも早く、奴は召喚を終えていた。

ゴブリンシャーマンの横にある空間が歪み、中から何か大きな物が出てくる気配がある。

すかさずクレアの放った弓矢でゴブリンシャーマンを仕留めたが、一度発動した魔法は中断される気配が無い。

マズい。逃げた方が良いと勘が全力で告げているが、歪んだ空間から現れたソレを見て足が止まる。

最初に現れたのは頭だった。ゴツゴツした鱗《うろこ》に覆われた大きな蜥蜴の頭が、歪んだ空間から突き出される。

「ベビードラゴン!?」

レレーナが緊張した声で叫ぶ。まだ生まれたてとは言えドラゴンだ。並みの魔物より遥かに強力だろう。

まともにやり合えばこちらが全滅するだろう強敵だが、今この瞬間なら話は別だ。全身が現れるまで待ってやる義理は無い。

俺は合体ロボが合体中に隙だらけなら、途中で攻撃するタイプの人間なのだ。

緊張で身を固くしているアミル達の横を走り抜けた俺は、まだ頭から肩しか出現していないドラゴンに対して全力で斬りつける。

すると顔面にダメージを負い身動きできない奴は、怒りの咆哮《ほうこう》を上げる。その瞬間を待っていた！

奴が大口開けた瞬間に、爆発魔法を口の中に放ってやった。

反射的に口を閉じた奴の体内で大爆発が起きる。

鈍い爆発音が聞こえると同時に、奴の口が裂け、顔からは眼球が飛び出してきた。

いかに外皮が強固でも、内臓まで頑丈とは限らないからな。

ゴブリンシャーマンが切り札として召喚したベビードラゴンだったが、全身が出て来た時は完全に死体となっていた。

どうだ、無傷で倒してやったぜ。

「お前……そんな方法聞いたことないぞ」

若干呆れを含んだ表情でみんながポカーンとしている。楽に勝てたんだから良いじゃないか。

「さっさと魔石の回収しようぜ」

気を取り直して全員で戦果の確認だ。ホブゴブリン達からは肉は取れない。こいつらの肉を食べると腹を下すので、誰も食用にしたりしないのだ。

ゴブリンからは黒に近い赤色の魔石が回収できたが、あまり高く売れなさそうだな。

一方のドラゴンは全身が宝と言っても良いほど希少な素材が多い。こいつは幼竜なので大人のドラゴンほどではないが、それでも高値がつくのは間違いない。

召喚された状態のドラゴンの全身を改めて確認すると、こいつは翼の生えていないタイプ、いわゆる地竜という奴だった。

体長は五メートル程だろうか。ドラゴンにしては小ぶりだが、人に比べると遥かに大きい。まともに戦っていたらどうなっていたか。

頭の残骸から牙を引き抜いていく。俺達を苦しめた竜牙兵は、これを依代にしているのだ。

次に体を部分ごとに切り分けていき、肉を出来るだけ回収する事にした。

ドラゴンの肉は縁起物らしく、味は良くないが冒険者達に人気らしい。

内臓は爆発魔法の衝撃で大半が駄目になっていたが、幸いふたつあるドラゴンの心臓の内、ひとつは無傷だった。

「これで金貨十枚はかたいぜ」

アミルが上機嫌だ。俺は思っていた以上に値がつく事に驚いた。

外に飛び出た目玉を袋にしまい、鱗を剥がしにかかる。かさぶたを剥がしているような気分がして、ちょっと嫌だったな。

全部を持って帰ることは出来ないので、上質な鱗だけを厳選して持って帰る事にした。

その中でも、一枚だけ質の違う鱗があった。これが逆鱗《げきりん》というやつで、ドラゴンの弱点と言われる一枚だ。

最後に魔石を回収する。手のひらに収まる程度の大きさだが、素人目に見ても明らかに純度が今までと違う。

さっきのホブゴブリンの魔石は石に見間違う程度だが、これは宝石のような美しさだ。

持てるだけ持った後、残りを火炎魔法で焼いておく事を忘れない。アンデッド化したら困るからね。

そしてもちろんレベルアップもした。ホブゴブリン達だけでもそこそこの経験値は入ったようだが、ドラゴンを倒したのは大きかった。

●エスト：レベル23
HP　360／360
MP　255／255
筋力レベル：3（＋2）

知力レベル：3（＋3）
幸運レベル：1
▼所持スキル
『経験値アップ：レベル2』『剣術：レベル2』
※隠蔽中のスキルがあります。

新たなスキルを獲得できます。次の中から選んでください。
『HPアップ』
『MPアップ』
『幸運アップ』
『剣術：レベル3』

●クレア：レベル20
HP　280／280
MP　81／81
筋力：レベル2
知力：レベル1

幸運：レベル2
▼所持スキル
『弓術：レベル2』『みかわし：レベル1』

『剣術：レベル1』


アミルはレベル17から21に。レレーナは16から20にそれぞれ上がっていた。

俺は今回『剣術：レベル3』を取ることにした。

この世界のスキルレベルは、1が駆け出し、2が一般的な訓練を受けたレベル、3が熟練者、4が達人、5はその道を窮《きわ》めた者のレベルという扱いだ。

これで俺も熟練者並みの動きが出来るようになるだろう。

クレアの弓術もレベルが上がっている。

彼女の場合、実際のスキル以上の腕前がある印象だな。そろそろ素早さや器用さでは抜かれそうだし。

これで当初の目標であるレベル20台に全員が達した。まだ日数には余裕があるので、みんなと相談して進むか帰還するか決めるとしよう。

「当初の予定通りのレベルに到達した訳だけど、どうする？　これで引き返すか？」

俺の問いかけに皆が顔を見合わせる。

「俺は戻っていいと思うぜ。やっぱり受けた依頼が心配だからな。時間ギリギリだと焦って失敗するかもしれないし」

「私も賛成。あまり欲をかくと良い事ないわ」

「そうですね。一週間には少し早いですけど、帰ったほうが良いと思います」

皆も帰ることで問題ないようだな。なら街に帰ろう。


帰路では行きほどトラブルは起こらなかった。

竜牙兵やドラゴンといった強敵がそう何度も現れるはずが無く、スライムやゴブリンといった階層に相応しい雑魚が何度か出現しただけだった。

このダンジョンに入ったばかりの頃に比べて、俺達は飛躍的に強くなっている。

普通は何年もかけてじっくりレベルを上げるのに、スキルのおかげで一週間かからずにレベル20台に到達しているのだ。

俺以外のメンバーなんて、元のレベルから倍以上になっているし。

「ここまでレベルが上がってると、ダンジョンから出たら次のランクになれるかもしれないぜ」

冗談めかしてアミルの言っていた事が帰ってみると現実になった。

ダンジョンから出たギルドの出張所に素材や魔石を持ち込んだところ、ブロンズランクではありえない程純度の高い魔石だったのでちょっとした騒ぎになったのだ。

「この緑色の魔石、どんな魔物から獲れたんですか？　……竜牙兵⁉　こっちの宝石みたいな魔石ってドラゴンから獲れるっていう……あなた達ブロンズランクでしょ⁉」

受付のお姉さん達が随分興奮していたのが印象的だった。

一応詐欺や他人の手柄を奪ったのではないという確認のために、入る時に記入した名簿や倒した証拠であるドラゴンの素材などを提示すると、しばらく待機してくれと言われた。

「いくらぐらいで買い取ってくれるかな」

「ドラゴンの魔石だけでも相当な額になるはずよ」

アミル達が嬉しそうだ。ボロボロの装備を新しくするためにも、金はいくらあっても困らないからな。何度も危険な目に遭った苦労が報《むく》われるといいのだが。


「お待たせしました」

装備屋の出張所にある装備を物色したり、屋台の串焼きで腹ごなしをしたりしていた俺達に、受付のお姉さん達から声がかかった。やっと魔石の鑑定が終わったようだ。

まずジャイアントバットの魔石が、各銅貨一枚で計銅貨五枚。すくな！　まあスライムと同程度の雑魚だから仕方ないか。

次に幻惑キノコの魔石が銅貨五枚。……こんなものかな。アミルのトラウマはプライスレスだ。

次がゴーレム二体分の魔石だ。それぞれ銀貨五枚で計金貨一枚。

腕が折れかけただけあって、結構な金額になったな。

注目の竜牙兵の魔石は金貨五枚。一時は全滅を覚悟した強敵だからもっと高いかと思った。でも、これだけで普通の家庭ならしばらく遊んで暮らせる額になるだろう。

そして一番の目玉、ドラゴンの魔石と素材だ。

まずは魔石が金貨二十枚。心臓が金貨十枚。鱗や目玉や肉などをまとめて金貨十五枚になった。

物凄い金額だ。幼竜でこれなら成竜だとどうなるのか。冒険者が富や名声を求めてドラゴンに挑むのもわかる気がする。

全部で金貨四十六枚と銀貨一枚。皆で相談した結果、四等分して一人金貨十一枚と銀貨五枚を取り分とした。

残りの端数と帰りに出て来たスライムやゴブリンの魔石の分は俺がもらえる事になった。一財産稼げたな。

続けてランクアップの協議をするそうなので、俺達は街に戻らずもう少しその場に留まった。

「やっぱりエストのスキルの恩恵はでかいよ。普通ここまでレベル上げたり稼いだりするには、何年もかかるし」

「そうね。実質三～四日でこれだもの」

「ご主人様、肩でもお揉みしましょうか？」

「ありがとクレア。代わりに俺もクレアの別の部分を揉んで……いや、なんでもないです」

俺達が暇つぶしに話していると、ランクアップの協議結果が出たようだ。

みんなに緊張が走る。

「おめでとうございます。皆さんシルバーランクに昇格が決まりました」

にっこり微笑むお姉さんにそう告げられると、大きな歓声が上がった。

アミルはレレーナを抱えてくるくる回っているし、レレーナはアミルの頭を抱きしめてきゃーきゃー言っている。

クレアは興奮して俺の腕をぶんぶん振りながら「ランクアップです！　ランクアップですよご主人様！」と何度も繰り返している。

あ、尻尾が垂直に立ってる。よほど嬉しいのかな。かわいい奴だ。

もちろん俺も嬉しい。大きな収入もあった事だし、今夜は宴会だな！

と、その前に、コペルの街に戻ったら先にやるべき事をやってしまおう。


夜に新しく取った宿『金の羊亭』で落ち合う約束をしてアミル達と別れた俺とクレアは、疲れた体に鞭打って商人ギルドに足を向けた。

受付に立っていた相変わらず無愛想な禿げ親父に依頼の件を聞いてみると、もう情報が集まったようだった。

親父は引き出しから一枚の地図を取り出して、それをこちらに押し付ける。

「オーガの潜伏先に印を入れておいた。お前さんから頼まれた用件の後ひとつは、結果が出るまで時間がかかるな」

「ありがとうございます。助かりました」

親父から地図を受け取ると、俺達は宴会場所である金の羊亭に向かう。

「ご主人様、後ひとつの用件て何ですか？」

「念のための保険てとこかな？　無駄に終わるのが一番平和で良いんだけどね」

不思議そうにしているクレアの頭を撫でておく。

その日、ハメを外した俺達は明け方近くまで騒ぎ続け、翌日全員が例外なく二日酔いに苦しむのだった。

‡

翌朝、締め切った窓の隙間から漏れる朝日が眩しくて目が覚めた。

二日酔いで頭がガンガンするので試しに回復魔法を使ってみると、少しだけ気分がマシになってきた。二日酔いも状態異常扱いなんだろうか。

ギイッと軋《きし》んだ音を立ててドアが開かれたので顔を向けると、青い顔をしたクレアが水差しを持って部屋に戻ってきたところだった。

「おはようございます。ご主人様……お水もらってきました……」

二日酔いで気分が悪くても、自分より俺の事を心配してくれるのか。やっぱりクレアは良い子だ。

無理せず座るように言って回復魔法をかけてやる。するとクレアの顔色が徐々に元に戻ってきた。

「もう市《いち》も開いてるだろうから、朝食を食べに行った後買い物でもしようか」

昨日の宴会中に決めたことだが、今日は一日休日にする事にした。

依頼期限の日数にはまだ余裕があるし、やはりダンジョンに長く潜っているとストレスが溜まる。

穴倉から這《は》い出て外で日の光を浴びると、本当に気持ちいいと感じたものだ。

時間の経過と共に二日酔いから回復してきたら、現金なもので凄まじく腹が減ってきた。

自覚は無かったんだが、今の俺は冒険者を始めた頃に比べると明らかに食べる量が増えている。

食べる量は増えてるのに体重に大きな変化は無い事から考えると、ＨＰの最大値が増えると体に必要なエネルギーも増えるのだろうと予想が付く。

これは俺以外のメンバーも同じらしいので冒険者全体がそうなのだろう。

居並ぶ屋台のひとつから肉を焼く香ばしい匂いが漂ってきたので、吸い寄せられるように俺とクレアは屋台に辿り着いた。

朝から肉かよと言われそうだが食欲には勝てないのだ。

良い匂いのする屋台を覗くと、頭に鉢巻きを締めた親父が、鉄串に差した大きな肉の塊を回しながら焼いていた。それをナイフで薄く切り、切れ込みを入れたパンに野菜と一緒に挟み込む。

元の世界にあったトルコのケバブという料理にそっくりだった。

屋台の親父に二人分頼んでその場で噛り付く。

まだ熱々の肉汁が口の中にあふれ出し、それを溶けたチーズが引き立ててとても美味しい。これならいくらでも食べられそうだ。

もうひとつずつその場で平《たい》らげ腹ごしらえをした俺達は、本来の目的である買い物に向かった。

俺達の装備は買ったばかりなので今は必要ない。まずは以前から欲しかった普段着を買うために服屋に行きたいが、その前に二人とも風呂に入る事にした。

昨日はダンジョンから出てそのまま宴会に突入し、酔いが回って風呂どころではなかったからな。

幸いこのコペルの街には公衆浴場があるとの情報を、金の羊亭の女将《おかみ》から聞いていたのだ。

この世界には魔石があるおかげで大衆浴場は二十四時間営業らしい。加熱するのも魔石を使えば良いだけだから便利だね。

入り口は男女別に分かれていた。さすがに混浴じゃないか。

受付で料金を払うと、いびつな形の石鹸《せっけん》とタオルと小さめの桶を渡される。自分で用意しなくていいのは楽だな。

広さで言えば日本の銭湯より少し狭いぐらいで、湯船の数も大きいのがひとつしかない。複数のお湯を楽しむとかサウナと言った発想は無いようだ。

時間が時間だからあまり客は居ないのかと思ったら、冒険者らしき人間と仕事終わりのような雰囲気のおっさんが何人もいた。

さっそくかけ流しの湯をすくって頭からかぶる。十分髪を濡らした後に石鹸で洗おうとするが、なかなか上手くいかない。

試行錯誤してると横に居たおっちゃんが粉石鹸を分けてくれた。どうやら頭を洗う用の粉石鹸は別売りらしい。先に言ってくれればいいのに。

おっちゃんに礼を言って頭、そして体を洗うが、なかなか泡が立たない。やはり何日も風呂に入らないと汚れが溜まるんだろうな。

さっぱりした後ゆっくりと湯船につかると、自然と声が漏れる。

「あ〜入った入った入った……」

我ながら年寄りかと言いたくなるリアクションだが、出て来るものは仕方が無い。誰でも言うよね？


気分爽快になって風呂を出ると、先に出ていたクレアが待っていた。

クレアも親切な人が粉石鹸を分けてくれたらしい。全身から石鹸の良い匂いがしている。

「クレア、良い匂いがするね」

「ご主人様……恥ずかしいです」

鼻を近づけてクンクンしていると、クレアが顔を真っ赤にする。朝からセクハラはよくないな。

自重《じちょう》しよう。次は服屋だ。

「クレアは欲しい服とかあるの？」

「服はあまり詳しくないので、ご主人様に選んでいただいてもよろしいですか？」

選びますとも。君に一番似合う服をプレゼントしよう。

大通りを進んで行くと、市から離れて少し大きな店舗が並ぶ商業区に入ってきた。看板に洋服の絵が書いてある店を発見したので、とりあえず入ってみた。

入ってから気がついたが、どうやらこの店は少し高級な服を取り扱う店舗だったようだ。

「いらっしゃいませ。どのような服をお探しでしょうか？　今の季節だと人気の色は……」

聞いてても無いのに一方的に話しかけてくる店員を、適当に相槌《あいづち》を打ちながら無視しておく。どこの世界も服屋の店員はこんな感じなんだろうか。

一通り店内を見て回り、自分の物より真剣にクレアに似合いそうな服をいくつか見繕《みつくろ》った。

まず普段着用としては上下一体型になっているワンピースだ。

色は黒で胸元は左右を紐で結んでいる。これで胸の豊かな人も残念な人もサイズの調節をするのだろう。

スカートはひざ上より少し上ぐらいまでの長さだ。すその部分だけ白のレースが飾り付けてある。

クレアの赤い髪と相まって、とてもよく似合う。

次はパジャマだ。

この世界では女性は白のネグリジェタイプを着るのが一般的らしいが、俺はあえて白のキャミソールタイプを選んだ。下半身はスカートタイプなので、外に出てもギリギリ普段着扱いできる……かもしれない。

クレアは少し恥ずかしそうにしていたが、気に入ってくれたようだ。

料金はふたつ合わせて金貨一枚。普段着としてはかなり値が張るが、俺は日々の癒しも求めているのだから問題ない。

「ありがとうございますご主人様！　大事にしますね！」

買ったばかりの服を抱きしめてニッコリ微笑むクレアの笑顔が見れたので大満足だ。

そして誰も興味の無い俺の普段着だが、ポロシャツのような上着を一枚とおそろいのズボン。寝間着には一番安いジャージタイプの綿で出来た物を選んだ。

値段はふたつで銀貨一枚。クレアの十分の一ほどだが、男が着る物など何でもいいのだ。

その後、俺達は街で色んな店を見て回り、時には商品を手に取って冷やかしながら宿に戻った。

さっそく寝間着姿を披露《ひろう》してくれたクレアは凄まじく可愛かったから、俺は欲望を抑えるのにかなり苦労した。

だが今日一日でしっかり気分転換できたので、明日からの本番も頑張れるだろう。

‡

依頼にあるオーガ達の巣は、街道から北に向かった森の奥にある洞窟の中だと商人ギルドの情報にはあった。

十分な休息を取り気分転換を図った俺達は、依頼を受けた当時とは違い、必ず勝てるという確信を持ってオーガ討伐に出発した。

一日ぶりに見るアミル達はさっそく装備を新調したらしい。

アミルの鎧は鎖帷子からプレートメイルになっていて、レレーナは新調したローブの上に真新しい鉄の胸当てを装備している。

「結構値は張ったが良い物が手に入ったぜ」

アミル達は上機嫌だ。こうして見ると鎧の効果でいっぱしの騎士に見えなくも無い。

しかし鉄の全身鎧って防御力は高そうだけど重くて動きにくそうだな。軽い素材で同じぐらいの防御力があれば手に入れたいんだけど。

街を出て街道に沿って北上し、途中から道を離れて進むと、目的地周辺と見られる森が見えてきた。

俺は商人ギルドの使いが付けてくれたと思われる、木の枝に結ばれたリボンを目印に奥を目指す。

この森にも魔物は棲《す》み着いていたようだが、今のところマップスキルに反応は無い。

オーガ達が巣を作ったことで力の無い魔物達は他所の土地に移ったようだった。

そろそろ敵の勢力圏に差し掛かりそうなのでアルミ達に警告を与えておく。

「いいか、攻撃してきた者には容赦するなよ。こちらに危害を加えてくるなら敵だからな」

「何言ってるんだ？　そんなの当たり前じゃないか」

不思議そうな顔で聞き返すアミルと首を傾げているクレア。だが察しの良いレレーナは今の一言で気がついたみたいだな。

「ええ。その時は遠慮しないわ」

レレーナだけが、まるで自分に聞かせるように言い切った。事情の呑み込めていない二人には悪いが、このままオーガの討伐に向かおう。

オーガ達の巣の入り口には見張りが二匹立っていた。

情報によると現在確認されているオーガの数は十～二十らしい。以前の俺達なら勝てなくとも、実力をつけた今なら問題ない。

全員無言で頷くと、戦いの口火を切ったクレアが矢を連続で放ち、見張りの一匹を仕留めた。

続けて俺が火炎球を飛ばし、もう一匹を火達磨《ひだるま》にする。燃え盛る炎に身を焼かれたオーガが絶叫を上げてのた打ち回る。

異変を察知して、洞窟の奥から複数の反応が入り口に向かって来ているのがマップ上でわかった。

そこを狙って再び火炎球を放ち、入り口に殺到していたオーガ達を燃え上がらせる。火のついたオーガが力尽きるが、後続のオーガはそれを踏み越えて外に飛び出してきた。

「グオオッ！」

既に入り口前で待ち構えていた俺達に、オーガ達が絶叫を上げ、斧を振り上げて猛然と襲い掛かってくる。

だが今の俺には敵の動きがはっきりと見える。『剣術：レベル3』は伊達《だて》じゃないんだ。

振り下ろされた斧を余裕をもって掻い潜り、オーガの喉に長剣を突き込む。

絶命したオーガの後ろから、一際体の大きな赤い体躯のオーガが俺に攻撃を仕掛けてきた。

こいつが依頼書にあった群れを率いるリーダーだろう。

振り下ろされた斧を盾で受け止め、右手に持った剣で体を斬りつける。

俺がレッドオーガと切り結んでいる間に、クレア達によって他のオーガは次々と減らされていた。

クレアは確実に頭部に矢を当てて、無駄な矢を消費していない。オーガの頑強な体に生半可な攻撃は効かないため、弓矢では頭部を狙うのが正解だろう。

レレーナは右に左に上手く攻撃を避けながら相手を追い詰めていく。

隙を見ては相手の体にモーニングスターを叩き込み、肉を削り骨を砕き、徐々に消耗させて最後には倒した。

アミルは振り下ろされる斧を下から弾き返して相手から武器を奪い、無防備になったところで脳天を半分に割っていた。

アミルの『唐竹割り』は、レベルが上がって相当力が増しているようだ。

大半のオーガが討伐されて残り数匹になった時、洞窟から最後の一匹が飛び出してきた。

他のオーガより少し体が小さいが、体毛は黄色で杖を持っている。

こいつがイエローオーガだ。魔法を使う変わり種で、油断ならない相手だ。

イエローオーガが杖を振りかざすと、そこから数本の炎の矢がアミル達目掛けて飛んで行く。

クレアとレレーナは難なく避けるが、アミルはプレートメイルの重量もあり簡単には避けられなかった。

「あっちゃ！」

避けそこなった一本がアミルの腹に直撃したが、焦げ目が付いただけで本人は無事だ。

クレアが矢を放ち牽制している間にレレーナが走り寄り、オーガから杖を弾き飛ばす。

そこに突っ込んできたアミルが体ごとぶつかって、オーガの体を大剣で貫いた。

これでレッドオーガ以外は全滅だ。後は俺がこいつを仕留めれば依頼は達成になる。

仲間が倒されたことで動揺したのか、オーガの攻撃は次第に精彩《せいさい》を欠いていった。

今の俺はそんな隙を見逃すほど甘くは無い。

攻撃の勢い余ったオーガの足に切りつけると、痛みで動きが止まったオーガに至近距離から放射状の火炎魔法をお見舞いする。

一瞬で火達磨になったオーガの首を切り裂きとどめを刺した。

これで依頼達成、レベルアップもしている。

●エスト：レベル24
HP　370／370
MP　264／264
筋力レベル：3（＋2）
知力レベル：3（＋3）
幸運レベル：1
▼所持スキル
『経験値アップ：レベル2』『剣術：レベル3』
※隠蔽中のスキルがあります。
新たなスキルを獲得できます。次の中から選んでください。
『HPアップ』
『MPアップ』
『幸運アップ』

●クレア：レベル22
HP　310／310
MP　92／92
筋力：レベル2
知力：レベル1
幸運：レベル2
▼所持スキル
『弓術：レベル2』『みかわし：レベル2』

『剣術：レベル1』


アミルはレベル21から22に。レレーナは20から21にそれぞれ上がっていた。

今回は今までずっと放置していた系統に手を出してみようと思い、『HPアップ』を獲得した。

『「HPアップ：レベル1」を獲得したので、「HP回復：レベル1」を獲得しました』

おお、これは回復が早くなるって事か？　敵と切り結んでいる最中に勝手に回復していくなら、かなりありがたいスキルだ。

クレアもみかわしがレベル2になっている。かなり強くなったな。

さて……これで依頼も達成できて一安心だが、まだ問題が残されている。

俺が油断なく背後を振り向いたその時、何者かの放った火炎球が俺達目がけて飛んできた。

予《あらかじ》め練っておいた火炎球で瞬時に迎撃した。

戦闘再開だ！

空中で衝突したふたつの火炎球が炎を撒き散らし、周囲に熱風と衝撃が襲い掛かった。

今のを外していたら、俺達パーティーは全員丸焼けになっていただろう。

「な、なんだ⁉」

突然の攻撃と、それに対処してみせた俺との両方にアミルとクレアが驚いている。

「あそこよ！」

魔法が放たれた場所を察知して指差すレレーナ。

混乱から立ち直り素早く頭を切り替えたクレアが矢を射掛けると、そこから以前ギルドで絡んできた、美形達三人組が飛び出してきた。

「くそっ！　なんでバレたんだ！」

三人組は悪態つきながら武器を抜き放つ。まあマップスキルのある俺には最初からバレバレだったんだけどな。

「なんでバレたかって？　最初からだよ。お前らは前から監視されてたんだ。気がつかなかったのか？」

　俺はゆっくりと武器を構えながら半笑いで説明してやる。

　種明かしするとこうだ。

　俺はギルドで依頼を受けてからダンジョンに潜る前に、商人ギルドでオーガ達の巣を探してくれと頼んでいた。

　その時ついでに、ギルドで絡んできて高確率で妨害してきそうなこいつ等の監視も頼んでいたという訳だ。

　派手な装備をつけて他人を見下し、目立ってなんぼという自意識過剰《かじょう》な奴らだから監視するのは楽だったろうよ。

　そして万が一実力行使に出てきた場合には、証人になってもらう契約もしてある。今も何処かに身を潜め俺達を見ているはずだ。

　オーガの巣まで誘導するように木々に結んであったリボンの色にも理由がある。

　青だとオーガのみが森にいる、赤だとこいつ等も森に潜んでいる、という警告だ。

　実際に襲撃してくる確証は無かったとはいえ、警戒しておいてよかった。こいつ等に関してはレーナも気にしていたみたいだしな。

　俺からの説明を受けて美形が歯噛みしている。

　まあ悔しいだろうな。ブロンズと侮《あなど》って手柄を横取りしようと企んでいたら、実際は手のひらの上で転がされてたんだから。

「だったら、お前らと証人とやらを全部殺せば問題ないわけだろ。ブロンズ程度が俺達に勝てると思うなよ」

美形は暗い笑みを浮かべて武器を構え、俺達を殺すと明言した。

馬鹿だな。仮にここで俺達を倒せたところで、商人ギルドで雇った監視者がいつまでも待機してる訳が無いだろうに。

それに、以前ならともかく今の俺達がこいつらに負ける道理が無い。俺達に攻撃した時点で、どの道こいつらはもう詰んでるんだよ。

「誰がブロンズだって？　相手のレベルもわからないのか？」

言われて不審に思ったのか、俺達のレベルを確認した三人組の顔が驚愕に歪んだ。

「な、なんで！　ちょっと前までレベル10程度だったのに！」

「嘘でしょ⁉　こんな短期間で上がる訳無いじゃない！」

「そ、そうだ！　何かズルをしてるに決まってる！」

やれやれ。目の前の現実を否定したところで状況は改善したりしないだろうに。

レベル差という強みをあっさり失い、連中は面白いように動揺している。だがこいつ等が驚きから回復するまで待ってやる気など更々無い。

俺は無詠唱で、イメージを練っていた火炎球をいきなり撃ち込んでやる。

「うわっ！」

だがそこは仮にもシルバーの冒険者。驚きつつも咄嗟に回避する。

着弾して撒き散らされた炎の熱波に顔をしかめる奴らに、俺達は容赦なく斬りかかった。

女魔法使いにはクレアとレレーナが向かっていく。

相手は得意の火炎魔法で近寄らせることなくクレア達を仕留めようという魂胆だろうが、遠距離ならばクレアの弓で、近距離ならばレレーナのモーニングスターで攻撃され、防戦一方だ。

クレアの放った弓が、必至に回避していた女魔法使いの肩に突き刺さる。

悲鳴を上げて杖を取り落としたところに、走り寄ったレレーナによる渾身の一撃が女の脇腹に直撃した。

「ぐべっ」

カエルが潰れたような声を上げて女が崩れ落ちた。

肋骨《ろっこつ》が何本か砕けでもしたんだろう。腹を抱えてのた打ち回っている。

血を吐いているところを見ると、内臓に深刻なダメージがあるのかもしれない。

黒髪の男の相手はアミルだ。

槍と剣でリーチの差があるため当初は懐に飛び込めないでいたアミルだが、徐々に相手の攻撃パターンに慣れてきたのか、上手く攻撃を受け流せるようになっていた。

「三連突き！」

男が叫んでスキルを発動させる。高速で突き出される槍の連続攻撃に対して、一撃目は身をかわし、二撃目は剣で受け流したアミルだが、三撃目で胴ががら空きになった。

「もらった！」

叫ぶ男の槍がアミルの体を捕らえたと思った瞬間、体を捻ったアミルの鎧のすぐ横を、金属同士が擦れる不快な音を立てながら槍が通り過ぎる。

そして完全に無防備な男の懐に入ったアミルが大剣を振りかぶった。アミルが得意な『唐竹割り』だ。

「でやぁぁぁっ！」

気合と共に振り下ろされた一撃に、男は咄嗟に武器を捨てて両腕で頭を庇《かば》ったが、アミルの一撃は男の両腕を切断し、そのままの勢いで鎧を砕き肩深くまでめり込んだ。

致命傷を受けた黒髪の男は声も無く倒れ込む。

最後に残った美形の相手は俺だ。戦闘が始まった頃は互角に見えた戦いも、次第に俺が優勢に立っていた。段々とスキルの差が出始めたのだ。

お互いに手傷を負わせながら攻撃を続けるが、美形の方は純粋な戦士タイプに対して俺は魔法も使える魔法戦士タイプ。

オーガとの戦闘で獲得した『ＨＰ回復：レベル１』の効果は、俺が思っていた以上に大きかった。お互いに似たような手傷を与えても、俺の方はみるみる傷が治っていくのだ。当然回復手段のない美形は時間が経つにつれて追い込まれていく。

「くそっ！　アンデッドかお前は！」

「あいにく俺は人間だよ！　ただお前より強かったってだけだな！」

つばぜり合いの最中、美形が悪態をつく。

だが良いのか？　動き続けないと危険だぞ。俺が無詠唱で魔法を使ったのを忘れているんじゃないのか⁉

相手の動きが止まった瞬間にイメージを練り上げ、俺は至近距離から放射状の火炎魔法を放つ。

それは瞬時に美形の全身を呑み込んだ。

「ぎゃあああぁっ！」

美形は武器を放り捨てて火を消そうと転がるが、生憎とここは森の中だ。

水辺は遥か遠くにあるし、自分達を殺すと明言した奴を助けるほど俺はお人好しじゃない。

奴は絶叫を上げながらしばらく転がり続け、段々と動きが鈍くなっていき、最後は完全に動かなくなった。

「終わったな」

「ったく、なんなんだこいつ等は？　あの程度の事で人を殺そうとするかね？」

武器をしまいながら皆が集まってくる。

敵のパーティーで生き残っているのは女魔法使いだけみたいだな。それでもかなり危険な状態だった。

見捨てても良かったが、生き残ったのならそれなりに罰は受けてもらおう。杖を取り上げ口と手を縛り上げて、歩ける程度に回復してやる。

そうしている内に顔を覆面で隠した男が数人、音も無く俺達の周りに現れた。彼等が商人ギルドに頼んでいた監視員だろう。

改めてこいつ等の行いに対する証言を頼み、女魔法使いを兵士詰め所に突き出して欲しいと依頼して、銀貨を何枚か渡しておいた。

男達は無言で頷いて女を引き立てる。

女は憔悴《しょうすい》した表情でこちらをチラリと一瞥しただけだった。

殺意を持って人を襲ったのなら良くて奴隷落ち。悪くすれば斬首だろう。

どちらにせよ彼女にはこの先、地獄が待っているに違いない。

死んだ美形達の遺体を集めて焼却しておく。

自業自得とは言え哀れな奴らだ。アンデッドになる前に土に返してやるのが、せめてもの情けだろう。

トラブルはあったがこれで依頼は達成。

一安心だが今頃になって手足が震えてきた。やはり魔物と違って人を殺すのは、精神的にダメージがあったな。

今日は帰ってクレアとゆっくり休むとしよう。

‡

私の名前はクレア。今年で十五歳になる猫族の獣人です。

ご主人様と初めて会ったのは、コペルの町で売買される予定の奴隷達が運ばれている馬車の中でした。

お邪魔しますと申し訳なさそうに乗り込んで来た黒髪の少年は、馬車の中に人が乗っていると思わなかったのか、驚いた様子で私達を見たのです。

奴隷商が小銭を稼ぐために馬車に人を乗せたのはそれが初めてではありませんでしたが、奴隷を見た人達の反応は大体三つに別れるのです。

何か汚い物を見るような人、欲望に染まった目を向ける人、そしてその場に居ないかのように振る舞う人です。

でもご主人様はそのどれとも違う反応でした。にこやかに私達奴隷にペコペコと頭を下げたと思ったら、私を見てビックリしたような顔をしたのです。

獣人など何処にでも居るのに何が珍しいのか、私の耳や尻尾を少し興奮しながらチラチラと見ているようでした。

その時は少し気持ち悪い人だなと思ったんです。でも野営の見張りをしている時に二人で話したら、そんな気持ちは無くなりました。

ご主人様は似たような状況は山ほどあるありふれた私の身の上話を真剣に聞いてくれて、少し悲しい顔をしていたのを覚えています。

奴隷に心から同情できる人が居るなんて、少し驚きました。

その夜、安全なはずの町の近くで、ゴブリン達の襲撃という予想外の事態が起きたのです。

私達奴隷や奴隷商が必死で身を守るために奮戦している間、驚いた事にご主人様が一人で次々とゴブリン達を倒していきました。

その時からご主人様は物凄く強かったんです。剣と魔法を同時に使いこなす人なんて滅多に居ません。

近づくゴブリンを斬り倒し、距離が開けば魔法で打ち倒す。

私にはまるでお伽話《とぎばなし》に出て来る勇者様のように見えました。

その後、ご主人様は生き残った私達を連れてコペルの街まで行くと、お金を渡して奴隷から解放すると言ってくれました。

最初は信じられなかったんです。他の人なら私達を売って、奴隷商の財産を独り占めにしてしまうはずですから。

私と一緒に生き残った一人の奴隷、蜥蜴族のゴルムさんは、解放してくれたご主人様に物凄く感謝していました。

ご主人様は私も解放すると言ってくださったんですが、私はご主人様のそばを離れたくないと思ったんです。

命を助けてくれた恩もあります。私を売った家族と顔を合わせるのは辛い。一人で生きていく自信が無い。色々理由はありました。

でもそれ以上にこの優しい人に尽くしたいと思ったんです。

困った顔をするご主人様にお願いして、改めてご主人様の奴隷として契約し直した私は、ご主人様と一緒に冒険者登録をする事になりました。

装備屋に連れられて行くと、ご主人様はご自分の装備よりも高価なものを私に買い与えてくださいました。

自分より奴隷を優先するなんて、なんて良い人なんだろうって感激したんです。

その夜、ご主人様に恩返しをしようとしたら、そんな事は必要ないんだよと言って、優しく頭を撫でてくださいました。

震えている私を見て怖がっているのがわかったんでしょう。私は感動して、ずっとこの人について行こうと心に誓いました。

冒険者として初めての依頼を受け、薬草を採取しに行ったご主人様と私は、途中二人の冒険者に声をかけられたのです。

それがアミルさんとレレーナさんのお二人でした。二人とも予想外に強い魔物に困ってたのでご主人様を見かけて声をかけてきたようです。ご主人様は強い人なので頼りたくなるのもわかります。困った人を放っておけないご主人様は、すぐにアミルさん達の手助けをすると決めたのです。

仲間になったアミルさんはいつも元気で、パーティーの雰囲気を明るくしてくれます。

レレーナさんは物静かな大人の人って感じで、たまに馬鹿な事をするアミルさんの手綱《たづな》を握っています。

二人が居る事で、ご主人様も私も随分笑顔の時間が増えたと思います。

無事に初依頼をこなした後、私達は成り行きでダンジョンに潜る事になりました。

アミルさんが取って来た依頼書がシルバーランクのものだったらしく、自分達によこせと三人組のパーティーに文句を言われたのです。

私達を馬鹿にしたり見下したりして凄く嫌な人達でした。

でもその時ご主人様が怒ったんです。この依頼書が欲しければお金を払えって。

自分達より明らかに強いパーティーに強気に出るご主人様は凄いと思ったんですが、私達はビクビクしていました。

格下に強気に出られた事で逆上した三人組と当然喧嘩になったんですが、ご主人様は平気そうに言い切ったんです。自分達が強くなれば何の問題も無いって。

ご主人様には経験値アップという不思議なスキルがあります。

理由はわかりませんが、このスキルを持っていると普通の何倍も経験値が入るようでした。

ちょっとダンジョンに潜っただけで、戦い方も知らなかった私が、あっと言う間にレベル20というシルバーランクになれたのもこのスキルのおかげです。

苦労してレベルを上げダンジョンから出た私達は、例の依頼をこなしたんですが、依頼を達成した瞬間突然攻撃されたんです。

目の前に大きな火炎球が飛んで来た時はもう駄目かと思いましたけど、ご主人様が何でもないように防いでしまいました。

奇襲してきたのはギルドで揉めたあの三人組でした。依頼を取る取らないで命を狙って来るなんて予想もしなかったんですが、彼等は随分と根に持っていたようです。

襲われた私達と三人組は戦いになりました。

本当に勝てるか自信が無かったんですが、私達は想像以上に強くなっていたみたいです。

ご主人様もアミルさんも一対一で相手を倒し、私もレレーナさんと連携して女魔法使いに勝利したのです。

あれだけ自信を持っていたシルバーランクの冒険者が弱く感じるほどでした。

それにご主人様はこの事態を予想して、既に手を打っていたみたいです。

急に現れた覆面の人達に驚いたんですが、彼等は商人ギルドの人達で、私達が襲われた事を証言してくれるそうでした。

それに生き残りの魔法使いの女の人も捕まえてくれました。

色々と先の事を考えて動けるなんて、ご主人様は本当に凄いと改めて思いました。

ご主人様は一体何者なんでしょうか？

聞いた事の無いスキルに剣と魔法を使える器用さ。そして知らない間に相手の逃げ道を塞ぐ用意周到さ。ただの冒険者とはとても思えません。

でもご主人様が何者であってても関係ないのです。なぜなら、私はこの命ある限りお仕えしようと心に誓っているのですから。

‡

街に戻った俺達は、さっそくギルドに向かい依頼達成の報告と素材の買取を頼んだ。

オーガから獲れたのは角と魔石のみ。

人型の魔物はイメージ的に人間に近いからか、肉の買取は基本行っていないそうだ。確かに日本人もサルを食べたりはしないしな。

討伐したオーガの数は全部で十五匹。そこから回収した角は普通のオーガからは十二本、イエローとレッドオーガからは計六本だった。

上位種になるほど生えている角の数が増えるらしい。

角の買取金額は小銀貨十八枚となった。

依頼達成の報奨金が金貨二枚なので、今回の儲けは金貨二枚と銀貨一枚、小銀貨八枚だった。

大儲けして気分が良くなった俺達が、少々上のランクの依頼でも受けてみるかと気分よく掲示板を見ていると、にわかにギルド内が騒がしくなった。

早馬でギルド前に乗りつけた冒険者らしき男がカウンターに駆け寄り何事かを報告すると、血相変えた受付が奥に走っていったのだ。

「なんかあったのかな？」

「さあ？」

他の冒険者達も気になっている様子でギルド内がざわめく。

やがて奥から妙に貫禄のあるおっさんが出てきたと思ったら、開口一番こう宣言したのだ。

「緊急依頼発生だ！　この場にいる冒険者は全員参加して欲しい。ランクは関係ない！」

緊急依頼。初めてだなと思いつつ、ギルドに加入したときに渡された小冊子『ギルドからのおたより～』の内容を思い出してみる。

それによると、そのギルド周辺での異常事態（魔物の氾濫《はんらん》や盗賊の襲撃など）が起きた場合、ギルド長はギルドに所属する冒険者に対し、対処を要請できるとあった。

一応依頼という形なので断ることも出来るが、素材の買取額の減少、依頼の制限、最悪ギルドからの除名という処分が待っているので、今後の冒険者生活がかなり困難になる。

なので趣味で冒険者をやっているような金持ちや貴族以外は、基本的に断れないと思った方がいい。

「依頼内容は？」

ある冒険者が声を上げると、おっさんがギルド中に響き渡るほどの大声で答えた。

「ここから北の街道、つまり王都に向けて伸びている街道で、魔物の集団を発見したとの報告があった！　既にこの街から衛兵隊が出発しているが、君達も急ぎ後を追ってほしい！」

魔物の集団という情報だけじゃアバウトすぎるな。数も種類もわからないなんて、乱戦になるのが決まってるようなもんじゃないか。

掲示板に貼り付けられた緊急依頼書と同じものを、職員が冒険者に配り始める。

内容はさっきのおっさんが言ってた事と大差ないが、その報酬には目を引かれた。参加して生還した者には、一律金貨一枚を支給すると書いてある。

「どうする？」

皆に聞くと、既に答えは決まっていたようだ。

「行こうぜ！　この報酬は魅力的だ」

「どの道断れないしね。危なくない位置に展開して、生き残る事を優先させましょう」

「ご主人様が参加されるなら、私も当然ついて行きます」

そうと決まれば急いだほうが良い。俺達は宿に取って返して旅装を身に着け、北の街道に通じる門の前で落ち合った。

その場には既に連絡を受けた他の冒険者も集まっていて、そこそこの人数がいた。

大体三十人程だろうか？　先発した衛兵隊と合流すれば百を下ることはなさそうだ。

「出発！」

冒険者達の先頭に立ったさっきのおっさんが号令を出す。

どうやらあのおっさんがギルド長らしい。装備を身につけている所を見ると、あのおっさんも戦えるんだな。

参加している周りの冒険者を観察してみると、ゴールドランクと思われるレベルの冒険者が一人だけいた。後は俺達含めたシルバーランクが十人ほど、残りはブロンズランクらしき冒険者達で構成されていた。

冒険者の集団は駆け足で街道を北上している。レベルの低い冒険者達は既に息が上がって顎が前に出ていた。

武器や防具を装備しながらの行軍訓練など冒険者はやった事ないだろうから、体力の無い者から脱落するのは当然の結果だ。

しばらくすると、前方で衛兵隊が魔物の集団と戦っているのが見えてきた。

遠目に見てもあまり旗色は良くない。ここから見えるだけで魔物の数が味方の倍ぐらいいるん

じゃないのか⁉

「突撃ー！」

何か手があるのかと思ったが、おっさんは号令をかけると武器を抜いて走りだす。おいおい、何の作戦もなしかよ。

一瞬呆れたが、周りの冒険者もそれぞれの武器を構えておっさんの後に続く。どうやら脳筋しかいないようだ。

「やるしかないか」

ため息をついて俺達も後に続いた。

魔物の集団は大半がゴブリンやコボルト、オークやハーピーといった駆け出しでも戦える種類が多いが、中にはオーガや大さそり、動く鎧《リビングデッド》などシルバーランク以上でないと相手にするのが厳しい敵もいる。

射程に入り、魔法を使える冒険者達が攻撃を開始した。

魔物の集団目がけて炎や氷が飛び交う。弓を扱う冒険者は空を飛ぶハーピー達に矢を放った。

俺達も攻撃に加わろう。味方から離れている敵集団に向かって連続で爆発魔法を放つと、炸裂音がして魔物の体が千切れ飛ぶ。

敵のレベルは低いが数が多いので、すぐにレベルアップするかもしれない。

クレアは矢筒《やづつ》から普段より多く持ってきた矢を取り出して番《つが》えると、上空の敵に向かって次々と放っていた。

負傷者を後方に回収してきた衛兵達に、レレーナがまとめて範囲指定の回復魔法をかける。こういう時に範囲指定は便利だな。

アミルは最前線には出ずに、負傷者に近づいてこようとする魔物を積極的に排除していた。

冒険者達が加勢した事で勢いづいたコペル連合軍が、何とか戦況を五分《ごぶ》以上に盛り返す。

このまま勝てるかと思った次の瞬間、衝撃音が聞こえて何人かの衛兵がまとめて空に舞い上げられた。

「ワイバーンだ！」

上空を見上げると、翼の端から端まで十メートルはあるかという巨大な翼竜《ワイバーン》が悠然と空を舞っていた。

本物のドラゴンに比べるとカラスとスズメぐらい違うが、一応あれでもドラゴンの端くれだ。強敵である事には変わりがない。

やれやれ、この乱戦の中こんな魔物まで現れて、ちゃんと無事に帰れるんだろうか。

とりあえず他の魔物は周りに任せておくとして、俺は魔法でワイバーンの対処に回ろう。

こいつはドラゴンのようにブレスを吐かないので、遠距離攻撃に気を配る必要は無い。攻撃しようと降下してきた時がチャンスだ。

狙いを定めるように上空で旋回するワイバーン。

奴を撃ち落とそうと地上から矢が何本も飛ぶが全く届いていない。

早く降りて来い。じりじりとしながら攻撃の機会を待つ。

その時旋回していたワイバーンの動きが変わった。

怪我をして治療中の冒険者達が狙い目だと思ったか、ワイバーンが負傷者目がけて急降下してきたのだ。

本物には遠く及ばないが、奴らはこれでもドラゴンの端くれなので火炎系の魔法は効きにくいだろう。氷結魔法もまだレベル1なので期待できない。

だが俺には爆発魔法がある。直撃させるのは難しいかもしれないが、昔見た第二次世界大戦の映像を思い出して、イメージを固める。

魔力を込めて生み出した光球を、射程に入ったワイバーン目掛けて勢いよく飛ばした。

奴はギリギリまで引き付けて身をかわす。だが俺にはそれこそが狙い目だったのだ。

ワイバーンがかわした瞬間、外れた爆発魔法が至近距離で大爆発を起こした。

俺がイメージを固めたのは、ワイバーンが一定距離に近づくと爆発する光球。要は戦時中のVT信管を魔法でやってしまおうと試みたのだ。

狙い違わず爆風をモロに食らったワイバーンが錐揉《きりも》み状態になって落下する。そして落下地点には冒険者達が手ぐすね引いて待っていた。

出発する時に一人だけ居たゴールドランクのおっさんが、剣を鞘に収めたまま、落下したワイバーンに向けて突っ込んで行く。速い！

おっさんはすれ違いざまに抜刀してワイバーンの首を一撃で両断すると、ゆっくりと剣を鞘に戻しながらこう言った。

「また、汚い物を斬ってしまった……」

おまえはゴエ○ンか！　と突っ込みそうになってしまった。

汚い物って、それただの悪口じゃねーか。つまらぬ物じゃないのかよ。

おっさんの剣技が凄かったとか、感想が頭から全部吹っ飛んだわ！

「そこの冒険者！　残りのワイバーンも今の調子で地上に落としてくれ！　俺が斬る！」

ワイバーンを一刀の下に斬り捨てたおっさんが、不敵な笑みを浮かべ俺にそう頼んできた……まぁいいけどさ。

敵さえ倒せるなら文句は言うまい。もう俺の中で、このおっさんはゴエ○ンにしておこう。

コペル連合軍の攻撃に、魔物の群れは次第に押され気味になり、やがて一気に壊乱し、散り散りになって逃亡を開始した。

手柄を求める者は我先にと追撃を開始している。魔物相手なら伏兵の心配も無いだろうから狩り放題だろう。

「なんとか終わったな」

「ああ。みんな怪我がなくて何よりだ」

戦いが終わってアミル達が集まってきた。

無事に生き残ったのは良いんだが、こういう場合は魔石の回収とかどうなるんだろう？

勝手に回収して文句言われるのも嫌だなと思っていると、出発時に号令をかけていたギルド長が説明してくれた。

「回収できる魔石は各自で持ち帰ってくれて良い。ただ、ワイバーンの魔石だけはギルドが回収する。追撃している者は後で確認を取るので、とりあえずこの場にいる冒険者は集まってくれ」

一番美味しい所はギルドが持っていくのかよと少々呆れたが、文句を言ってもどうにもならない。

わざわざ集まって何をするのかと思っていたら、一人一人の名前やランクを確認して、名簿に記載するようだった。

俺達もプレートを取り出して順番に名前を告げていく。

「あ、あなた。さっきは大活躍でしたね」

戦いの最中俺の顔を覚えていたであろうギルドの職員が、バインダーに名前を記入しつつ褒めてくれた。

爆発魔法でワイバーンを落とした事を言っているのだろう。

俺としては全部ゴエ○ンに持っていかれた気がするから、いまいち活躍したと言う実感が無いんだが……。

手続きも終わったので片っ端から魔石の回収をしていると、今回の騒動が自然と話に上がった。

「しかし、なんでこんな群れが襲ってきたんだ？　魔物は定期的に大発生でもするのか？」

「なんでだろうな？　俺もこんなの初めてだし」

疑問には思いつつも、俺達パーティーは全員初めての体験だ。そこに一人口を挟んでくる者が居た。

誰あろう、例のゴエ○ンだ。

「魔族が関係しているんだろうよ。奴らは魔族以外の人種で構成されている国に対して、常に破壊工作を行っているからな」

魔族か。この世界に転生する時に存在するとは聞いていたが、実際に見た事は無いんだよな。やっぱり見た目は悪魔っぽいんだろうか。

「魔族ってどんな奴等なんですか？　見た事あります？」

「魔族か？　奴等は青い肌をしている以外、見た目は俺達とあまり変わらないな。中には角が生えていたり、翼が生えていたりする奴も居るようだが、俺はお目にかかった事はない。だがひとつの特徴として、上位の魔族になるほど巨大な魔力を持ち、身体能力も他の追随《ついずい》を許さないんだとか。大昔に出た魔王なんかは、嘘か本当か知らないが、ひとつの魔法で山を消し飛ばしたって記録があるしな」

それにしても魔族が自分達以外を攻撃する理由がわからない。他の国に魔物を発生させたりして政情不安にすると、奴らに何か得になる事があるんだろうか？

新たに湧いた俺の疑問にゴエ〇ンが答えてくれる。

「ひとつは国家間で団結させるのを防ぐ事。自国が安定すると正義の名の下、魔族に手を出す国が出てくるかもしれないからな。もうひとつは復讐。大昔、本当にいたかどうかも怪しい勇者に魔王が敗れてから、魔族達は迫害される歴史を歩んできたからな。仕返しを考えてもおかしくないんだよ。奴らは隙あらば人間の世界を狙っているのさ」

やれやれ、こっちの世界にも面倒くさい歴史とか民族間対立とかあるのか。なるべくなら関わりたくないな。

俺は自分と周囲の人間だけ幸せならそれで良いんだ。面倒事に関わるのはごめんだね。

「それより、お前達は若いのに見込みがあるな。どうだ？　王都に来て修業してみんか？　頑張り次第で仕官できるかもしれんぞ」

「王都……ですか？　修業というのは具体的にどんな？」

突然話題を変えたゴエ〇ンの説明によると、王都近郊にもダンジョンが存在していて、それはコペルの街より大規模なものらしい。

そのダンジョンには強力な魔物が徘徊しており、これを倒して名を上げた冒険者が、騎士や兵士に取り立てられる事も少なくないんだとか。

不安定な冒険者生活に疲れたり飽きたりした冒険者が、安定を求めて別の道に進むべく、ダンジョンに潜る事もあるそうだ。

それに王都にある冒険者ギルドの依頼は高額なものが多く見入りも大きい。なので一攫千金《いっかくせんきん》を求めてやって来る冒険者も多いんだとか。

……その代わりに危険も大きいが……と、最後に付け足すのを忘れない。

王都か、一度行ってみたいという気持ちはある。コペルの街にいないと駄目な理由も特に無いしな。街に戻ってからみんなと相談してみるか。

その前に今回の戦闘でのレベルアップだ。

●エスト：レベル26
ＨＰ　４１０／４１０
ＭＰ　３０８／３０８
筋力レベル：３（＋２）
知力レベル：３（＋３）
幸運レベル：１
▼所持スキル
『経験値アップ：レベル２』『剣術：レベル３』
※隠蔽中のスキルがあります。

新たなスキルを獲得できます。次の中から選んでください。
『MPアップ』
『幸運アップ』
『無詠唱：レベル2』

●クレア：レベル25
HP　360／360
MP　106／106
筋力：レベル2
知力：レベル1
幸運：レベル2
▼所持スキル
『弓術：レベル3』『みかわし：レベル2』
『剣術：レベル2』

アミルはレベル22から25に。レレーナは21から24にそれぞれ上がっていた。

これだけ大規模な戦闘だったからか、皆大きくレベルアップしている。

ここに来てクレアの弓術と剣術が急に上がった。この乱戦でかなりの数敵を倒した影響だろう。

そろそろレベルも並ばれるし、このままのペースだと追い抜かれるかもしれない。

一応主人の威厳《いげん》を保つためにも秘密の特訓とかした方が良いだろうか。

今回は何のスキルを獲得しよう？

『HP回復：レベル1』は実際に使ってみるとかなりありがたいスキルだったし、あれが無かったら例の美形に負けていたかもしれない。

回復系を期待して今度はMP関連を取ってみるかってことで、今回は『MPアップ』を獲得した。


『「MPアップ：レベル1」を獲得したので、「MP回復：レベル1」のスキルを獲得しました』

よし、予想通り。これで継戦能力が大分違ってくるだろ。


結局、緊急依頼と拾い集めた魔石の報酬で、俺達の儲けは一人当たり金貨一枚半になった。

報酬を受け取った後ギルド近くの軽食屋に入った俺達は、改めてゴエ○ンの言っていた王都行きを皆で相談する事にした。

「仕官のチャンスがあるってんなら行きたい。ここで一攫千金を狙っていたのはブロンズランクだったからだ。エスト達のおかげで俺とレレーナも強くなったし、王都で騎士にでも取り立ててもらえれば、将来安泰《あんたい》だぜ」

そうだった。そもそもアミルはレレーナと結婚するために金が必要なのだ。

憧れから始めた冒険者とは言え、やっぱり安定した職に就ける機会があるならそっちを狙ってみたくなるのは当然だろう。

金が貯まるまで危険な冒険者をやるより、比較的安全な騎士や兵士を選ぶのは妥当な判断だ。

「この先ずっと冒険者を続ける訳にもいかないものね。子供が出来たりしたら何処かに定住しないといけないし……私は王都行きに賛成するわ」

レレーナも賛成だし、これでアミルの王都行きは確実になった。

後は俺とクレアがどうするかだが、今更別行動する気も無いので、俺はアミル達についていく気でいる。

クレアは俺についてくるだろうから、自動的に全員で王都行きの決定だ。

正直、王都と言っても新しい観光名所程度の印象しかないので、それほど魅力は感じなかった。

一国の首都と言っても日本に比べれば一地方都市以下だろう。

だけどまぁ、ここまで付き合ったアミル達が生活基盤を築けるまで付き合うとするか。

「わかった。じゃあ全員で行こう。クレアもそれで良いか？」

聞かれたクレアはニッコリ笑って頷いた。では明日にでも王都に出発するとするか。

そう言えば、この国の名前ってなんだっけ？　今まで聞いたこと無かったなと思い疑問を口にした俺を、皆が何を言っているんだコイツは？　という怪訝な表情で見てくる。

「……本気で言ってんのかよ？　ここはガルシア王国で、王都の名前はガルシアだよ。王族には代々ガルシアって名前がついてる。お前時々訳のわからないこと言うよな」

なんてこった。アミルにまで馬鹿にされてしまった。

大分この世界に慣れてきたと思っていたが、こういう一般常識的な知識にはまだまだ穴があるな。

王都に到着したら、地図でも探して最低限の地理でも覚えるとするか。

‡

翌朝、王都行きの乗合馬車に乗り込んだ俺達はコペルの街を後にした。

少ししか滞在しなかったけど、この街では色んな事があったな。ギルドの登録や初依頼、他の冒険者との諍《いさか》いとか。

また機会があったら来てみよう。幸い王都からはそんなに距離は無く、馬車で一週間ほどらしい。

乗合馬車は俺達が乗っている一両だけではなく、二、三両編成で行動するのが普通のようだ。

なぜ数が多いのかと思ったら、道中野盗や魔物などの襲撃を受けた時の対処のために、護衛が各馬車に同乗しているからだそうだ。

馬車の数を増やせばそれだけ護衛の数も増やせる。だが護衛側からすれば、守る対象が増えて大変だろう。

俺達のような冒険者が乗合馬車に乗る場合、ランクによって割引される事がある。万一敵の襲撃を受けたら応戦してもらえるからだ。

基本的な運賃は銀貨五枚。ブロンズランクだとこれが銀貨四枚になり、シルバーだと二枚。ゴールドだと一枚になる。

今まで見たこと無いが、アダマンタイトになればタダで乗せてくれるとか。

王都まではこの上なく順調だった。

当然だが首都に近づくほど治安がよくなっていくので、野盗や魔物の出現率はぐっと下がる。

あまりに退屈すぎて何もやることが無い。ひたすら何もない景色を見ながら欠伸《あくび》を噛み殺すだけだった。

問題らしい問題と言えば、馬車の揺れでシリが痛かった事ぐらいだ。

やっとの事で到着した王都は、今までに無いほどにぎやかな街だった。王都というだけあって城壁だけでもコペルの街を遥かに凌駕する規模だ。

通りには多くの人々が行き交い、商人が忙しく動き回っている。旅人を宿に案内して駄賃をもらおうとする子供や、客引きのために声を張り上げる屋台の親父。

人種も人間だけでなく獣人やエルフなどの亜人、そして主人らしき人間の後を大荷物を抱えて歩く奴隷など様々だ。

まるで地球の発展途上国に来たような感覚だ。

アミル達は人の多さに圧倒されたのか、三人ともポカンと口を開けたまま固まっている。

「……すっげーとこだな、王都って」

「本当ね。こんなに大勢の人初めて見たわ」

「わ、私、こんなとこにいて大丈夫なんでしょうか？」

アミル達は田舎から出てきたんだろうし、クレアに至っては自分が身売りするほど貧しい村の出身だから、固まるのも無理は無いだろう。

「とりあえず、拠点になる宿を決めておこうぜ」

俺に促されて全員が歩き出す。

通りに並ぶ商品は流石に王都と言うべきか、コペルの街より種類も数も豊富だ。この分だと飯にも期待できるかもしれないな。

「お兄さん達冒険者かい？　宿が決まってないならウチの宿においでよ。ご飯は美味しいしベッドは柔らかい。冒険者には人気の宿なんだ」

宿の客引きらしい子供が声をかけてきた。

人気の宿なのになんで空き室があるんだと、無粋《ぶすい》な突っ込みは止めておこう。

他に当ても無いので案内してもらう事にすると、子供は一層明るい笑顔で俺達を先導し始める。

しばらく歩くと通りの先に三階建ての立派な建物が見えてきた。

あれが子供の言っていたおススメの宿らしい。大きなログハウスみたいな感じで雰囲気は悪くないな。

カウンターに通された俺達の横を通り、宿の主人から駄賃をもらった子供が来た道を戻って行った。彼らにとってはこれが重要な収入源なんだろうな。

「いらっしゃい。二人部屋ならいくらでも空いてるよ。部屋をふたつで良いかい？」

ちゃんと二人部屋があるんだな。

コペルにあった宿みたいに一人部屋で二人分料金を取られたらたまったもんじゃないので宿賃がいくらか聞いてみると、二人部屋を借りるのに一日銀貨一枚。払うのは部屋の料金だけとの事だ。

コペルよりかなり高いが、今の俺達なら問題ない金額だろう。

宿も決まったことだし、次は冒険者ギルドで仕官の口は無いか探してみるとしますか。


流石は王都のギルドだけあって、大きさはコペルのギルド本部の何倍もある。

カウンターの数もひとつやふたつでは無く、ちょっとした銀行ぐらいはあるんじゃないだろうか？

掲示板の数もひとつだけではない。それぞれのランクによっていくつもの掲示板があるおかげで、取り合いになる心配は無さそうだ。

これだとアミルのように、間違えて依頼書を持って来たりというトラブルは無いように思う。

そんなギルドの中をざっと観察していると、初めて見る種類のカウンターを見つけた。

カウンターの上には天井から吊り下げられた板があり、そこには大きな文字で『就職相談窓口』と書いてある。

気になって手近にあった羊皮紙の束《たば》を調べると、こんな事が書いてあった。


『就職をご希望の冒険者様へ　ギルドからのご案内』

当ギルドでは安定した生活を望む冒険者の方に、就職のご相談をさせていただいております。

腕に覚えのある冒険者は各方面で活躍できる機会が多くあります。商隊の護衛から要人の警護、商業施設の警備員など様々です。

中でも花形である騎士として仕官する機会を提求できるのは、当ギルドだけと断言できるでしょう。

あなたに合った職業に就くために、当ギルドではいつでもご相談に乗らせていただきます。

詳しくは当ギルド七番カウンター、『就職相談窓口』にお問い合わせください。
※相談料無料。

……なんかハローワークみたいだな。だが渡りに船とはこの事だ。今のアミルにはピッタリの窓口だと思う。

「物は試しだ。アミル、行ってみたらどうだ？」

「そ、そうだな。じゃあ相談してみるか」

受付に相談窓口を使いたいと告げると、案内の職員が名前と現在のランク、簡単な経歴を書く申込用紙を渡してくれた。

それを、近くの机に備え付けられた筆記用具で記入するようだ。

何度か書いては消しを繰り返しながら、時間をかけてアミルが記入していく。

「俺こういうの苦手なんだよな」

その気持ちは俺にもわかる。俺も前世ではハローワークで似たような経験をしていたからな。

記入した用紙を受付に渡したアミルは、受付横で整理券を配っていたギルド職員から番号札を渡される。

それを受け取ったアミルは所在無げに椅子に腰掛けた。しばらく待っているとアミルの番が来たようで、大声で番号が読み上げられた。

「百六十四番の番号札をお持ちの方～。七番カウンターにお越しください～」

間延びした呼びかけがあって、自分の番号札を確認したアミルが慌てて立ち上がった。

カウンターで待ち受けていたのはいかにもお役人といった雰囲気を漂わせる気だるげなおっさんだった。日本の区役所や市役所に多くいるタイプだ。

なんか前世の嫌な事を思い出す。こういうタイプは勤務時間が一分でも過ぎようものなら、容赦なく仕事を中断するに違いない。そうに決まっている。

おっさんはアミルの顔をチラリと一瞥し、さっき書いたばかりの経歴書をまじまじと読んでいた。

「え～と、アミルさん。騎士への士官をご希望……と。歳は十八でシルバーランクですか。へぇ～、その若さでシルバーランクは大したものだ」

「は、はい」

褒められて少し嬉しそうだ。だが油断するな。役人ってのは上げてから落とすもんだからな。

「アミルさんは戦う以外に何が出来ますか？　例えば計算が速いとか、動物の調教が出来るとか」

「いえ……その、特に……ありません」

「あ～、それだと騎士は厳しいですね～。よほど凄い戦闘力があるなら平民からの取り立てもありますが、シルバーランクで特技も何も無いとなると、ちょっとね～」

「そう……ですか……」

いきなり全否定されてアミルが涙目だ。

なぜだろう。見てる俺まで胃が痛くなってきた。頑張れアミル！

「戦闘力だけで騎士を目指すなら、最低でもゴールドランクは欲しいですね～。それと強力な魔物を討伐して名を上げてくるとか。そうすればアミルさんは若いし将来性があるので、育てる気で仕官させてもらえるかもしれませんよ～」

「ほ、本当ですか！」

どうやらゴールドになれば何とかなるようだ。

そう言えばゴエ○ンは一応ゴールドランクだったみたいだから、彼を参考にすると最低でもレベル35は必要って事か。

今から10ほど上げないと駄目だな。まぁ、不可能ではないだろう。

相談を終えて俄然《がぜん》やる気になったアミルが、勢い込んで俺のもとにやって来た。

「エスト！　今すぐダンジョンに潜ろう！　さあ早く！」

「まあ落ち着け。ダンジョンは逃げたりしないから」

興奮したアミルを一旦落ち着かせて、俺達はギルド近くの軽食屋に移動した。食事がてら今後の事を相談するためだ。

注文を取りに来た若いお姉ちゃんに日替わりメニューを四つ頼んで代金を前払いする。

しばらく待って出てきた料理は、ふっくらした白パンひとつと茹《ゆ》でたソーセージ、後は塩味のスープだった。

腹が減っていた俺達は早速食事に喰らいつく。

「とりあえずゴールドランクに上がるためには、最低でも、あと10はレベルを上げる必要がある。それに何か強力な魔物を討伐したという明確な手柄も欲しいな。平民だと箔《はく》をつけないと侮られるだろうし」

スープをスプーンで口に運びながら話を続ける。なんか塩気が多いなこの料理。血圧が上がりそう。

「そこでだ。俺に提案がある」

さっきアミルが相談していた時に小耳に挟んだんだが、この王都のダンジョンには、階層ごとにフロアマスターなる中ボスが定期的に湧くらしい。

かなり強力な魔物らしく、アミルと同じように士官を目指す若い冒険者が挑んでは全滅するのが珍しくないとか。

その話をしていた冒険者仲間も帰ってこなかったそうだ。

一度倒したら終わりなのかと思ったが、倒しても一定期間が過ぎれば復活するので挑む者が後を絶たないらしい。

「挑戦してるのはアミルと同じような名を売るのが目的の冒険者ばかりだろうな。腕に自信のある奴等が全滅するって事は敵は相当強力なはずだ。それでも倒せば見返りは大きい。莫大《ばくだい》な経験値と名声が手に入る。どうする、やってみるか？」

俺の言葉にアミルとレレーナは顔を見合わせると、そろって頭を下げてきた。

「頼む。俺達に協力して欲しい。エスト達には直接関係無いことだし、依頼でもないからギルドの報酬も期待できないだろう。でも俺達だけじゃ無理だと思うんだ。上手くいけば出来るだけ御礼もする。だから手を貸して欲しい」

「二人には迷惑ばかりかけるけど、どうかお願いします。私達を助けてください」

そんなに真剣に頭を下げられると思ってなかったから正直面食らった。

チラリとクレアを見ると、彼女も同じ気持ちなのか少し微笑んで頷いてくれる。

俺達のやる事なんか最初から決まってるよな、クレア。

「頭を上げろよ二人とも。今更知らん顔するわけないだろ？　俺達は最初から手伝うつもりだよ」

二人の表情がパアっと明るくなった。少しばかり厳しい戦いになりそうだが、二人の結婚祝い代わりだ。派手に頑張ってみますか。

‡

王都近郊にあるダンジョンの入り口は規模が大きいだけあって、コペルより遥かに施設が充実していた。

簡易ながらも宿屋が何軒か併設されていて、ここに泊り込んではダンジョンに潜るを繰り返す冒険者も少なくないようだ。

人が集まれば稼ごうとする商人も当然のように集まってくる。

商品を大声で宣伝する商人達の一人が興味深そうな道具を売っていたので足を止めて見てみると、ここぞとばかりにセールストークが始まった。

「これは新型のランタンだ。今までの魔石を使ったランタンより魔石の消費量が少なく、なおかつ遠くまで照らせる優れものなんだ。買っておいて損は無いぜ」

いまいちよくわからないんだが、蛍光灯とＬＥＤの違いみたいなものなんだろうか？

値段を聞くと銀貨三枚だった。今使っているランタンが銀貨一枚だから、少しだけ割高だと言える。だが普通のランタンより便利そうなので買っておくとしよう。

ダンジョンの受付でする事はコペルと同じで、氏名やランクの提示、後は救出隊が必要かどうかの記入だ。

今回俺達は目的を達成するまで帰らないつもりなので滞在期限は未定にしておいた。もちろん救出隊も必要ない。

下手をすれば全滅する危険もあるが、それだけの覚悟はしているつもりだ。

必ずフロアマスターを倒すと全員が決意して最初の階段を下りると、そこは魔物では無く人でごった返していた。

「なんだこりゃ……？」

地下一階は大きめのフロアになっているらしいが、とにかく人が多い。

様々なレベルの冒険者や荷物持ち達、捜索隊と見られる兵士らしい集団など。街中と言われても違和感が無いような状況だ。

たまに魔物を発見しても冒険者同士で取り合いになり、俺が倒した、いや俺だと揉め事も起きていた。一体どこのネトゲだと言いたくなる。

「冒険者の人数が多すぎて、低い階層だとレベル上げすら出来ない状況なのね」

呆れた調子でレレーナがぼやいた。

この調子だと相当下まで降りていかないと戦うどころじゃないんじゃないのか？

俺達はげんなりしながらも下の階層を目指して降りて行く。

ようやく人が少なくなってきたと思ったのは、地下十階に到達してからだった。

「ようやくダンジョンらしい雰囲気になってきたな。でもいきなり地下十階とか大丈夫かな？　かなり手強い敵とかいそうだけど」

「でも、その分経験値は多くもらえると思いますよ」

不安を漏らすアミルをクレアがなだめていた。

まだ敵は発見していないから何とも言えないが、新型のランタンもあって以前ほど環境は悪くない。やはり人間は真っ暗闇だとストレスが溜まるからな。

半日歩き続けた疲れも出たので休む事にしたが、安全地帯が無いので少し広い通路に腰を下ろして休憩を取ることにした。

通路に座り込んで休憩している俺達の前を一組のパーティーが横切って行った。

柄の悪そうな大男が数人と、奴隷紋をつけた銀髪で褐色の女性、それと五、六歳に見える獣人の幼女だ。

変わった組み合わせだなと思って何気なく見ていると、俺の視線が気になったのか、大男がこちらをギロリと睨んできた。

なんだこいつ？　喧嘩売ってんのか？

気合を入れて睨み返すとチッと舌打ちして男達は去っていった。

レベルを確認したら全員20に届かないぐらいだったので、俺達相手だと分が悪いと思ったんだろう。

「なんだありゃ？」

「たまにいるんだよ、ああいう連中が。奴隷を連れてただろ？　金で買ってきた奴隷を盾代わりにして使い潰すんだ」

アミル達の説明によれば、こういう事情のようだった。

まず自分達の盾役として戦える奴隷を買ってくる。

だが戦闘力のある奴隷はプライドが高い上に精神力が強い。命令に従わなかったり逆らったりもするそうだ。

奴隷が主人に逆らうと奴隷紋から全身に様々な苦痛が与えられるため、普通は逆らったりしないそうだが、精神力の強い奴隷だとそれすら乗り越えてしまうんだとか。

そこで有効なのが、その奴隷と縁が深い奴隷を人質にする事。

逆らえば人質を殺す。嫌なら戦えと言う訳だ。

「さっきのパーティーで言えば、人質が獣人の幼女、嫌々戦ってるのがダークエルフの女ってとこかな」

「ダークエルフ⁉　さっきの人ダークエルフだったのか？」

「気がついてなかったのか？　あんな目立つ耳をしてたのに」

ぬかった！　エルフは何度か見たがダークエルフは見たこと無かったんだよ。それを見逃すとは一生の不覚！　次会う機会があったらガン見してやる。

しかし……人質をとって戦わせるとか胸糞の悪い事をする奴らだな。

休憩も終わったので探索を再開し、特に目的地も無かったので、さっきのパーティーが向かった方向にとりあえず進んでいく。

さっきの連中はマップを見る限り随分先に進んでいたようで、直線距離にして俺達より二百メートルほど先行している。だが急に様子がおかしくなってきた。

突如奴等の周りに敵を示す赤い点滅が出現すると、同じ場所で青い点滅が右往左往《うおうさおう》し始めた。恐らく戦っているんだろう。

やがてふたつの青い点滅だけがその場に残り、他はこっちに向かって移動を開始した。

段々と近づいてきた人影は全員男ばかりで、慌ててこっちに逃げて来ている。

奴等の後ろにダークエルフの女や獣人の女の子の姿は無い。

「どけっ！　邪魔だ！」

気になる事があったので、怒鳴りながら横をすり抜けようとした男達の足をひっかけてやった。

「どわああっ⁉」

大げさな悲鳴を上げ、次々とこけて折り重なる男達。

そいつらの背中を踏みつけ俺は質問した。

「おいお前ら。一緒にいた女の子達はどうした？」

「あぁ⁉　お前に関係ないだろ！　奴隷なんだから盾代わりに置いてきただけだ！　街に戻れば代わりは手に入るんだよ！　邪魔すんな！」

なるほど、さっきアミルが言っていた事を本当に実行してきたんだな。

明らかに自分達よりか弱い存在を捨て駒にするとは絵に描いたようなクズだ。こんな輩に遠慮は無用だろう。

「こいつら！」

連中の言動にアミルが激高するが、その前に俺が行動に移していた。

男達の正面に回りこみ、いまだジタバタする男達の顔面を順番に蹴り上げてやったのだ。

あまりの衝撃に一瞬で意識を刈り取られる男達。

結構本気で蹴ったから、かなりのダメージかもな。

だが今はこんなクズ共はどうでもいい。置き去りにされた彼女達を助けないと。

「急ぐぞみんな！」

頷くと、さっきの反応があった場所まで俺達は駆け出した。

そこで俺達が見たものは、獣人の幼女を背中に庇いながら必死に短剣を振り回し魔物達と戦うダークエルフの姿だった。

彼女は既に負傷が激しいらしく、もはや逃げ出す事も出来ない様子だ。襲い掛かっているのは人の背丈ほどある蟷螂《かまきり》と、牛程度の大きさのあるカブト虫だった。

『キラーマンティス：レベル23』

『アイアンビートル：レベル24』

なかなかの強敵だ。

すぐさま剣を抜いて俺がカブト虫に、アミルが蟷螂に斬りかかる。

新手が現れたと認識した蟷螂が女の子への攻撃を中断し、走り寄るアミルに対して巨大な鎌を振り下ろした。

ガキリと重い音と共に、鎌の一撃を剣で受け止めたアミルに、空いている鎌で切り裂こうともうひとつの鎌を振り下ろす蟷螂。

だが横合いから飛び込んだレレーナがモーニングスターを叩きつけると鎌は大きく弾かれ、蟷螂はたたらを踏みながら体勢を崩した。

そこに飛来したクレアの矢が蟷螂の両目を貫く。

視界を奪われた蟷螂がギチギチと悲鳴らしき声を上げ狂ったように鎌を振り回すが、それを掻い潜ったアミルの剣が蟷螂の首を刎ね飛ばした。

正面に対峙した俺をカブト虫は敵と認識したらしく、奴は六本の足で猛烈に地面を蹴ると、角を突き出した姿勢で突進してきた。

危なげなく身をかわしながらすれ違いざまに斬りつけるが、俺の一撃は固い表皮に浅く傷をつけただけに過ぎない。

名前にアイアンなんてついているだけあって、かなりの防御力だ。硬さだけなら今まで戦った敵の中でも一、二を争うかもしれない。

まともに斬りつけても奴の防御は突破できない。なので狙うのは足の関節や首と胴体の隙間。

体は大きいが基本的な作りは普通のカブト虫と大差ないはずなので、大体どんな動きをするのかは予想がつく。

ゆっくりと方向転換して再び突撃してきたカブト虫をギリギリまで引き付けてかわすと、勢い余ったカブト虫の角はダンジョンの壁に深く突き刺さった。

狙ってやった訳では無いが、これを逃す手は無い。

俺はその背中に急いで飛び乗り、未だもがいているカブト虫の首の隙間に剣を深々と刺し込んだ。

声を上げる器官がないのか悲鳴は上げないが、代わりに激しく暴れ出す。

この程度では絶命しないようだ。ならダメ押しといこう。

俺は振り落とされないように剣にしがみつきながら、魔法を使うためにイメージを固める。

「くらえ！」

叫ぶと同時に剣の先から炎が噴き出した。体内を焼き尽くした炎はそれだけでは収まらず、カブト虫の目や口などあらゆる隙間からあふれ出る。

今のはベビードラゴンの時の応用だ。外皮の硬い敵は中から壊すに限る。

ぶっつけ本番だったが、上手く魔法が出てくれて助かった。

どちらの敵も完全に動かなくなったのを確認し、ようやく女の子達に向き合う。

「大丈夫か？」

「……余計な事を。助けてくれなんて言ってないぞ」

あれ？　感動して飛びついてくるとまでは思わなかったけど、予想外の反応だ。俺達を警戒しているのだろうか。

獣人の幼女も怯えたようにダークエルフの背中にしがみつき、時折顔を出すも視線が合うと引っ込めていたりする。

「まあまあ、とりあえず落ち着けよ。危害を加える気なら助けたりしないから。まずは傷の手当をしよう。そっちの小さい子は腹は減ってないか？　お兄さんが美味しい物をあげよう」

日本だと事案として即通報されそうな台詞だが、俺にやましい気持ちなど決して無い。この幼女を抱っこして撫でてあげたいとか、思っていても実行しない。

真摯《しんし》な俺のにこやかな笑みから敵意がないと判断したのか、ダークエルフはしぶしぶと治療に応じた。

ダークエルフがレレーナに回復魔法をかけてもらっている間に、俺は道具袋から携帯食料を取り出して幼女に与えた。

最初は警戒して戸惑っていたが、ダークエルフが頷くと少しずつ口に運び、次第に貪《むさぼ》るように食べ始めた。

可哀想に、あの大男達はまともに食事も与えてなかったらしい。

「食べ物はいっぱいあるから、慌てずにゆっくり噛んで食べなさい」

喉に詰めて目を白黒させている幼女に、水袋を差し出してやる。

まるでウサギかハムスターの食事風景でも見ているような和やかな気持ちで、俺は幼女が満足するまで付き合った。

そしてやっと腹いっぱいになったのか、幼女はにっこりと笑うと礼を言ってきた。

「あ、ありがとう。お兄ちゃん」

「…………」

……はっ!? 一瞬心が何処かに飛んでいたようだ。物凄く可愛いなこの子！ しかも良く見ると柴犬のような耳をしてる。犬の獣人なんだろうか？

思わず撫でまわしそうになるのをグッとこらえる。俺は基本的に足の無い動物と足が四本以上ある動物以外、動物が好きなのだ。

幼女の面影から昔飼っていた犬を思い出した。あいつも愛嬌《あいきょう》がある奴だったな。

‡

完全に回復したダークエルフの女性から事情を聞くと、アミルが話していた予想と大体一致していた。

元は軍人として働いていたダークエルフだったが、所属する国家が戦争で負けて捕らえられ、奴隷の身分に落とされたらしい。

何度も取引されながら商品としてこのガルシア王都に連れてこられた時、同じ牢の中で身寄りも無く一人震える獣人の幼女と知り合ったそうだ。

哀れに思い何かと世話を焼いている内に、次第にお互い心を許すようになった。

ダークエルフは戦争で消息不明になった妹の姿を幼女に重ね、幼女は実の姉のようにダークエルフを慕った。

狭い牢屋の中で束の間の平和を享受《きょうじゅ》していた二人だが、その平穏は突然破られる。例の大男達に買われる事になったのだ。

当初は便利な盾としてダークエルフを買った大男達だったが、頑《がん》として命令に従わないダークエルフの態度に業《ごう》を煮やして奴隷商に返品しようとした。

だが奴隷商は返品を受け付けるどころか、獣人の幼女を人質に使えば命令に従うだろうと逆に買い手の無い幼女を売りつけた。

自分が痛めつけられるのは平気でも、幼女に危害が加えられる事には耐えられなかったダークエルフは嫌々ながら戦っていたという訳だ。

「私の魔法が通用しないとわかった途端、あいつ等はさっさと逃げ出したよ。あの逃げ足だけは感心する速さだった」

治療と食事を終えたダークエルフが皮肉《ひにく》げに言った。

怒るのも無理は無いな。話を聞いただけの俺でもムカつくんだし。

それにしても魔法が使えるのか。どおりであの強力な魔物相手に持ちこたえていたはずだ。

「それでこれからどうする？　行く当てが無いなら俺達についてくるか？　目的を達成した後なら王都に戻って奴隷から解放してもいいが」

「簡単に言ってくれるな。そもそもあの男達の所有権がまだ残っているはずだ。お前達について行く事など出来ないぞ」

「その点なら心配ないだろう」

実を言うと、俺が蹴りを入れた男達の状況はマップで逐一確認していた。

俺達がダークエルフ達を助けに向かってしばらくしてから、男達は目を覚ましたのか少しずつ動き出した。

だがすぐ近くに新たな敵の反応が出現して、男達の反応は五分とかからず消滅してしまった。恐らくはやられてしまったのだろう。

元々この階層の敵は強力で男達よりレベルが高いし、何より俺から蹴りを喰らっていたので万全の状態では無かったはずだ。

罪悪感？　無い無い。子供を盾に使うようなクズは死んで当然だと思っている。

その事実を教えてやると、少し悩んだダークエルフは俺達と一緒に行動する事に決めたようだった。

「お前達には命を救ってもらった恩がある。それに、私一人ではこの子を無事に地上まで守れる自信が無い。だから同行させてくれ」

「ああ。歓迎するよ。俺の名前はエスト。こっちから順番にクレア、アミル、レレーナだ」

「私の名はディアベル。見ての通りダークエルフだ。この子の名はシャリー。犬族の獣人だ」

思わぬところで新しい仲間も増え、ちょっとテンション上がってきたかも。

蟷螂達を倒した事で、俺達はレベルアップしていた。

●エスト：レベル27
ＨＰ　４３５／４３５

ＭＰ　３３１／３３１
筋力レベル：３（＋２）
知力レベル：３（＋３）
幸運レベル：１
▼所持スキル
『経験値アップ：レベル2』『剣術：レベル3』
※隠蔽中のスキルがあります。

新たなスキルを獲得できます。次の中から選んでください。
『土魔法レベル：1』
『幸運アップ』
『無詠唱：レベル2』

●クレア：レベル26
ＨＰ　３７５／３７５
ＭＰ　１１２／１１２
筋力：レベル３

知力：レベル2
幸運：レベル2
▼所持スキル
『弓術：レベル3』『みかわし：レベル2』

『剣術：レベル2』『扇撃ち：レベル1』


アミルはレベル25から26に。レレーナは24から25にそれぞれ上がっていた。

次のスキルは何にするか迷ったが、新しい系統の魔法が出てきているので土魔法を取ってみよう。

クレアの基礎ステータスの筋力と知力が上がっている。それに弓の新しいスキルを獲得しているな。

名前からして放射状に矢を放つスキルだろう。敵が複数居る時には役に立ちそうだ。

早速だが新たに獲得した土魔法をさっそく試す事にした。

最初、魔法を発動させたはずなのに何も反応が無かったから少々焦った。

場所を変えて改めて魔法を使うと発動したので、どうも土が露出している場所でないと使えないらしい。

また、他の魔法同様いくつかのパターンがあるのがわかった。

まずはその場で土の壁を隆起させる魔法。次に足元を泥沼状に変化させる魔法。そして土を掘削する魔法の三つだった。

土壁は壁の強度を変化させる事もできるようで、普通の木より頑丈だが鉄よりは脆《もろ》い程度までは強化できた。

同行する事になったディアベルは精霊魔法の使い手だった。

精霊魔法とは俺が使う直接攻撃するような魔法ではなく、世界中に漂っている精霊の力を借りて周囲に干渉する魔法らしい。

例えばダンジョンのような場所では、ウィルオーウィスプといった光の精霊をランタン代わりに浮遊させたり、風の精霊の力を借りて敵を切り刻んだり、炎の精霊の力を借りて火を起こしたりと、様々な現象を引き起こせる。

だがあくまでも精霊の力を借りるだけなので、水の無い場所では水の精霊の力を借りることは難しいし、炎の精霊の少ないところで力を借りようとすると普段より威力が極端に落ちる。

だからこういったダンジョンの中では、精霊魔法はかなり力を制限されてしまう。

もっとも、術者の力量が圧倒的なら自身の力をプラスして強引に使役する事も可能なのだとか。

要は使い手次第という事だ。

「一応剣も使える。エルフにしては使える方だぞ？」

強力な魔物相手にしばらく耐えていたので嘘ではないだろう。

そんなディアベルのレベルは19。俺達より少し低めで、シャリーに至ってはレベル１だ。

まあ、彼女に戦う機会などあるはず無いか。

そのシャリーだが、単純に相手をしてくれる大人が増えたのが嬉しいのか、クレアやレレーナとしきりに話をしている。

レレーナは子供好きらしく、要領を得ないシャリーの話をいちいち頷きながら笑顔で聞いてやっている。

そんなシャリーをなんとか餌付けしようと努力しているアミルはあまり相手にされていないようだ。

クレアと手をつなぎながら楽しそうに歩く姿を見ていると、まるで仲の良い姉妹に見える。

「ところで、お前達の目的は何なのだ？　同行するからには知っておきたいのだが」

もっともな意見なので俺達の事情を説明しておいた。

アミル達が近々結婚する事。

そして安定した生活基盤を得るために士官を希望している事。

騎士になるためにはゴールドランクに上がり、尚且つフロアマスターを倒して箔をつける必要がある事。

全ての話を聞き終えたディアベルは厳しい顔をしていたが、反対はしなかった。

「正直今のレベルで勝てる可能性は低いな。何か策はあるのか？」

「その辺はちゃんと考えてある。そうだ、一応俺達のパーティーに正式に参加しておいてくれ。経験値の共有もしておきたいしな」

「わかった。私だけでなくシャリーも一緒に頼む」

もちろんシャリーだけ仲間外れにする気など無い。

パーティーの申請を、ステータスを開いたディアベルが受諾《じゅだく》する。シャリーにも申請を出したが、
彼女にはイマイチ意味がわからないようで難航した。

「シャリー、ステータスって言ってみな」

「すて～たす？　あ、なんか出た！」

「じゃあ、下のほうに光ってるのがあるだろ？　それを見たら、頭の中で良いよ～って思うんだ。

やってみて」

「はい！」

元気良く返事をしたシャリーはパーティー申請の受諾に成功したようだ。

偉い偉いと頭を撫でてやると、にっこり笑みを浮かべて尻尾をパタパタと振っている。可愛い奴
だな。

シャリーはともかく、ディアベルを鍛えればフロアマスターと戦う時に重要な戦力になるだろう。

やはり魔法の使い手が一人増えると戦術の幅がグッと広がる。

そろそろ地下十一階に下りる階段が見えてきた。気を引き締めよう。

‡

王都のダンジョン地下十一階には、信じがたい事にだだっ広い草原が広がっていた。

長い階段を降りていきなり景色が変わった時は、トラップにひっかかって外にワープでもしたのかと錯覚したが、どうやら違ったようだ。

このダンジョンについての知識を少し持っているディアベルによると、王都のダンジョンは階層によって広大な広さを誇る場所もあり、中には別世界かと思うような環境のフロアも存在するらしい。

この草原もそういった類のひとつなんだろう。

言われて見れば天井は相変わらず無骨《ぶこつ》な岩肌だし、間違いなくダンジョンの中だとわかる。

だが高さは相当な物だ。天井すれすれの位置を鳥が飛んでいる。

フロア全体に、腰くらいの高さまで名前もわからない草がびっしりと生えている。

これだとシャリーが埋もれて見えなくなるので肩車してやると、彼女は初めての経験なのか俺の頭の上できゃっきゃとはしゃいでいる。

そのまましばらく進んで行ったが他の冒険者の姿は影も形も見えない。その代わりと言っては何だが敵の反応が出現した。数は十程度か。

敵が近づかない内に迎撃の準備をしよう。

新しく覚えた土魔法で高さ二メートルほどの土台を作り、その上にシャリーを乗せて避難させた。

「危ないからここから動いちゃ駄目だぞ？」

「がんばってね」

手を振るシャリーに応《こた》えてからみんなと合流する。

俺達の布陣としてはこのシャリーの乗る土台を背に、クレアとディアベルが遠距離攻撃、中間距離にレレーナを配置して回復に専念させ、俺とアミルは後衛からなるべく引き離すように、いつもより前に出て戦う方針だ。

俺達の態勢が整うと同時に、こちらに向かって来る敵集団が視界に入ってきた。こげ茶色の毛並みと白い鬣《たてがみ》を頭の真ん中に生やした大きな猿だ。

俺達を認識した奴等は、奇声を上げ更に勢いを増して突進してくる。やる気満々と言ったところか。

『鬣大猿：レベル23』

まずは先制攻撃だ。準備していた爆発魔法の射程に入った瞬間、魔力を籠めた光球を奴等に向かって飛ばす。

瞬時に到達した光球は敵集団のほぼ中央に着弾して破壊を撒き散らすが、大猿達はそんな爆発を物ともせずに突進してくる。

間髪入れず後方からクレアの弓が放射状に撃たれた。その内の何本かが敵の体に突き刺さるが、少し怯んだだけで効果は薄い。

ディアベルが風の精霊を召喚して小さな竜巻を起こし敵を切り刻んだ。敵は流血しながらも相変わらず突進を止めようとしない。

これだけダメージを与えているのに向かって来るなんて、まるでバーサーカーみたいな奴らだ。このまま突っ込んでこられたら、勢いに押されてシャリーの居る後衛まで突破されてしまうだろう。

敵が俺とアミルの前に到達して、そのまま押し潰そうと両手を広げて飛びかかってくる。

だが次の瞬間俺達の前には巨大な壁が出現した。新たに覚えた土魔法が早速役に立ってくれたのだ。

勢いを止められない大猿達が次々と壁に激突して団子状態となり、くぐもった悲鳴を上げる。

限界まで強度を上げた土壁だ、無傷ではすまないだろう。

この間に俺とアミルは少し後ろに下がっておいた。次の作戦のためだ。

「キイイィィッ！」

まだ無事な大猿が壁を砕きながら姿を現す。折り重なって倒れる仲間を踏みつけ血で赤く染まりながら、奴等は濁った目で俺達を睨みつけていた。

「ゴアアッ！」

半数ほどに減った大猿達が咆哮を上げて再び突進を再開する。しかし、既に次の手は打ってあるのだ。

ただ俺達だけ見据えて突進する大猿達が突如視界から消え失せた。

異変を察知した他の大猿が足を止めようとするも、勢いのついた足は止まらず次々と姿を消していく。

そう、俺は奴等の突進が止まった段階で深さ二メートルほどの落とし穴を掘っておいたのだ。

折り重なるように穴に落ちた大猿達は、仲間の体が邪魔になって身動きが取れないでいる。

急いで走り寄った俺達はここぞとばかりに一斉攻撃を仕掛ける。

俺からは火炎球、クレアからは弓、ディアベルは炎の精霊を召喚して敵を焼き尽くし、レレーナはスリングショットでダメージを与え、攻撃手段の無いアミルはそこらへんの石を拾って投げていた。

何をしてるんだお前は……。

一瞬の間で全滅した大猿達の魔石を回収してシャリーの下に戻ると、彼女は随分興奮した様子で俺達を出迎えてくれた。

「お兄ちゃん達、すご～い！　すごく怖い魔物だったのに、ぜんぶやっつけちゃった！」

そう言ったシャリーは尻尾をパタパタと振りながら俺達を褒めてくれた。

シャリーが応援してくれたおかげだよと言うと、よほど嬉しかったのか尻尾が千切れそうなぐらいに振られていた。

そんなシャリーとは違い、初めて一緒に戦ったディアベルは何とも言えない表情で俺達を見ていた。

「お前達の戦い方は何と言うか、他の冒険者達と違って色々と考えながら戦うのだな」

「楽に勝てるならそっちの方が良いだろ？」

正面からの殴り合って堂々と相手を負かすのも悪くないが、こちらの被害は出来るだけ避けたい。

卑怯《ひきょう》と言われようが命あっての物種なのだ。

「非難するつもりはないさ。私もその方が性に合ってるしな」

そう言って不敵な笑みを浮かべるディアベル。

良かった。戦いの方針を巡ってトラブルとかごめんだからな。

そして大猿達を倒した事で、俺達は全員レベルアップしていた。

●エスト：レベル28
HP　455／455
MP　362／362
筋力レベル：3（＋2）
知力レベル：3（＋3）
幸運レベル：1
▼所持スキル

『経験値アップ：レベル2』『剣術：レベル3』
※隠蔽中のスキルがあります。

●クレア：レベル27
HP　389／389
MP　120／120
筋力：レベル3
知力：レベル2
幸運：レベル2
▼所持スキル
『弓術：レベル3』『みかわし：レベル2』

『剣術：レベル2』『扇撃ち：レベル1』


アミルはレベル26から27に。レレーナは25から26にそれぞれ上がっていた。

そしてディアベルは19から大きく上がって23に。本人はいきなり4もレベルが上がって驚いているようだ。

「これは……どうなっているんだ？　確かに強力な敵だったが、いきなり4もレベルが上がるほどの経験値を稼げる敵ではなかったはずだ」

「やっぱり驚くよな。俺達も最初は驚いたよ。それってエストだけの特別なスキルのおかげでさ」

戸惑っているディアベルにアミルが説明する。

俺には経験値アップという特別なスキルがある事。その恩恵で、自分達は一月も経たずにブロンズからシルバーランクまで到達した事など。

「そんなスキルは聞いたことが無いな。あなたは何か特別な存在なのかもしれないな」

俺の事を、さっきまでとは違ったキラキラした目で見つめてくるディアベル。

なんだろう。呼び方が「お前」から「あなた」に変わっているし。

美人にそんな目を向けられて悪い気はしないので、鼻の下を自然に伸ばしている俺を、クレアが少し不機嫌そうに見ていた。

違うんだ、誤解しないでもらいたい。俺にやましい気持ちなどほんの少ししかないんだ。

「ねえ、シャリーもレベルが上がっているんだけど」

レレーナにそう言われるまでシャリーのレベルの事を忘れていた。

改めてシャリーのレベルを観察してみると、彼女はレベル1からレベル12まで急成長していた。

凄いな……ここまで上がるものなのか。

シャリー本人は何のことかわからずにキョトンとしていたが、ディアベル達の詳細なステータスはこうだ。

●ディアベル：レベル23
HP　250／250
MP　318／318
筋力：レベル2
知力：レベル3
幸運：レベル2
▼所持スキル
『精霊召喚（炎）（土）（風）：レベル2』『剣術：レベル2』

●シャリー：レベル12
HP　120／120
MP　19／19
筋力：レベル2
知力：レベル1
幸運：レベル2
▼所持スキル

『嗅《か》ぎ分け：レベル1』


ディアベルは流石と言うか、精霊魔法を三種類使いこなせるみたいだな。

それに剣も、正規の訓練を受けた兵士と互角程度には使えるようだ。

ステータスから見て完全に後衛の魔法使いタイプだから、なるべく前線に出さない方が良いだろう。

シャリーはちびっ子にしては凄まじい強さになっている。駆け出しの冒険者と喧嘩しても勝てるんじゃないのか？

やはり獣人だけあって筋力の値が高いので、ここら辺はクレアによく似ている。

ひとつ気になったのが『嗅ぎ分け：レベル１』というスキルだ。

やはり犬の獣人だけあって、匂いを嗅いで何かを探索したり出来るんだろうか？

機会があったら本人の了解を得て試してみよう。


広大な広さを誇る地下十一階には、小さな村程度の寄り合いがあった。

安全圏も無いこの危険な場所で体を休めるため、この地を訪れる冒険者達が少しずつ造り上げた場所だ。

放牧などはしていないが、井戸がいくつか掘られていてある程度の生活基盤は整えられているようだ。

村の回りには魔物の進入を防ぐ強固な柵と、その周りを囲む堀がある。

簡素な造りではあるがここに滞在する冒険者達の力を考慮すると、小さな砦並みの防御力があると言っても過言ではないだろう。

そして安全が確保できたとなれば、確実に出張ってくるのが商人だ。

彼等は探索目的の冒険者に金を払って同行させてもらったり、護衛を雇ったりして、わざわざこの地まで商売をしにやって来る。

この簡易村にもそんな商人が建てたいくつかの施設が並んでいる。

冒険者達にとっては地上に戻らず必要な物資が手に入り、商人達にとっては割高に商品が売れるために儲けが大きい。どちらにとっても利益になる関係だった。

一応宿屋もあったが壁と天井だけそれっぽく造りましたといった感じで、良く言えば小屋、悪く言えばあばら家でしかなかった。

しかも料金が一晩一人銀貨八枚と、ボッタクリも良いところだ。

しかしそんな宿でも泊まる冒険者は後を絶たないようで、結構繁盛《はんじょう》しているようだ。

当然そんな宿に泊まる気の無い俺達は簡易村の端の方に移動して、土壁で周りを覆って外からの視線を遮断すると、まずは夕食の準備に取り掛かった。

今日の晩飯はディアベルとシャリーの歓迎も兼ねて、少し豪華にするつもりだ。

地上から持ってきたナンを袋から取り出し、水をつけて少し焼き直す。

ナンは保存に向いているパンで、乾燥している気候だと二年近く持つそうだ。もっとも、ダンジョンは湿気が多いのでカビない内に食べてしまう必要がある。

次に大鍋にぶつ切りにした羊肉と人参と玉葱を投入して炒める。

火が通ったところで米、水、塩を投入し、かき混ぜずに蓋をして水分が無くなるまで蒸らす。

水分が飛んだら全体をかき混ぜて完成だ。

デザートは天日干しで乾燥させたドライフルーツだ。少しだけ持ってきた蜂蜜酒をシャリー以外の全員に分けて乾杯する。

ちなみにシャリーには果物の果汁を用意した。

「妙な出会いだったが、二人に会えて良かったと思うよ。ディアベル、シャリー、俺達のパーティーにようこそ。乾杯！」

「乾杯！」

俺の音頭で皆が手にしている木で出来たコップをコツンコツンとぶつけ合う。

夕食前に覗いてみたこの村の商店は少しだが木製の食器も取り扱っていたので、自分の食器を持っていないディアベルとシャリーの分を購入しておいたのだ。

もっともあくまでも地上に戻るまでの繋ぎとしてなので、街に戻れば立派な物を買い与えるつもりだ。

みんな思い思いに食事を取っている。クレア達女性陣はやはりシャリーが気になるようで、交代で色々と世話を焼いていた。

もぐもぐと一生懸命小さな口を動かして食べる姿はハムスターみたいで確かに可愛い。

これもこれもと次々食べさせようとするので、シャリーは喜びながらも目を回していたが。

アミルは世話を焼くレレーナを見て、将来の家庭を想像でもしたんだろうか、顔面がだらしなく歪んでいる。

なぜだかわからないが、男で幸せそうな奴を見ると蹴りを入れたい衝動に駆られる。これは俺だけではないと信じたい。


一足先に食事を終えた俺が、次に取りかかったのがお風呂の準備だ。

土を魔法で隆起させ二人程度は入れる大きさのバスタブの形にし、強度を最大に上げておく。

そして五センチほどの円形の穴を開け、それを塞《ふさ》ぐ形で栓を作る。これで排水も可能になるのだ。

氷結魔法で氷の塊を作り、バスタブに置いて火炎魔法で少しずつ溶かしていく。

熱くなりすぎないように調整するのが大変だ。

いい湯加減になったので女性陣に入浴を勧めると同時に、風呂の周りに土で出来た衝立《ついたて》を立てて置く。

俺は紳士だから決して覗きはしない。覗く場合はちゃんとお金を払うのだ。

まずクレアとレレーナ、次にディアベルとシャリー、次に俺、最後にアミルだ。

一回ごとにお湯を変えているが、俺が入る時には変えなかった。必要ないしな。

ディアベルとシャリーの入ったお湯は汚くないに決まっている。

俺が入浴した後には、真新しいお湯に取り替えておくのを忘れない。アミルに楽しませる気は無いからな。

色々あって皆が疲れているだろうから、さっぱりしたところで今日は早めに就寝する事になった。

皆がいそいそと自分用の寝袋に潜り込む。

ここは安全地帯だから見張りは必要ないだろう。ただ、念のために侵入者避けに落とし穴を掘っておくのを忘れない。

女子供が多いから良からぬ事を考える輩が出ないとも限らない。

全ての処置を終えて俺が寝袋に入ると、皆は既に寝息を立てていた。

俺も自分の寝袋に潜り込んで目をつむると、あっという間に意識が無くなった。

‡

翌朝、どういう仕組みかわからないがダンジョンの天井が明るくなったので目が覚めた。

天井自体が時間の経過によって自然発光しているんだろうか？　苔《こけ》か何かかな。

もそもそと寝袋から這い出して背伸びをしていると、先に目を覚ましていたディアベルを見つけた。

「おはよう」

「おはよう、主殿《あるじ》」

んん？　主殿って何だ？　昨日までそんな話し方してなかったろう。そう聞いてみる。

「主殿は私達を拾ってくれたのだ。そして命の恩人でもある。それに他の者達の態度を見ていればわかるよ。皆が主殿を頼りにしている。皆をまとめる指導力と決断力、そして悪を許さず弱きを助ける慈悲深さ。剣も魔法も使いこなす類を見ない強さ。私が主と仰ぐに相応しいお方だ」

……ちょっと褒めすぎじゃないだろうか。そこまで言われるほど活躍した覚えも無いんだけど。

経験値アップという特別なスキルに驚いていたし、この人はあれだな。たぶんミーハーという奴なんだろう。日本にいればアイドルとかに熱中しそうなタイプだ。

「俺はそんな大した奴じゃないぞ？　二人を助けたのも成り行きだし……」

「主殿は自分で気がついていないだけだ。自分がどれだけ特別な存在か。そうだ！　地上に戻ったら改めて奴隷契約をやり直してもらいたい。私は今後も主殿と行動を共にしたいしな」

本人が望むなら俺としては異存は無いんだけど……本当に良いのかね。

まあ今は深く考えず、フロアマスターを倒すことに専念しますか。

皆の準備が整うと俺達は簡易村を後にした。

予想もしてない場所でゆっくりと休息を取れたおかげか、みんなは気力体力共に充実している。昨日は運が良かったんだろう。

簡易村を後にしたのは俺達だけでは無かったようで、何組かのパーティーが近くに確認できた。かち合って魔物の取り合いになるのも面倒なので他のパーティーとは別の方向に向かう。

すると少し進んだ所で問題が発生した。

今朝から急に態度の変わったディアベルが何かと俺の世話を焼こうとするのだが、それをクレアが先回りしてやってしまいディアベルがあからさまに不満顔になったのだ。

モテる男は辛いぜ～って、呑気《のんき》なことを言ってる場合ではない。俺が原因でパーティーの雰囲気が悪くなる事態は避けたい。

アミルとレレーナは触らぬ神に祟りなしとばかりに静観を決め込んでいるし、シャリーに至っては何が起きているのかも理解できていない。

まぁ幼女に何を期待しているんだって話だが……。

「まあまあ二人とも。同じパーティーの仲間なんだから仲良くしようよ」

「でもご主人様、ご主人様のお世話は私がするのが当然だと思います」

「いや、クレアではなく主殿の一の従者である私がお世話をするのが自然だと思うが？」

「ご主人様の一番の奴隷は私です！」

参った。これじゃ埒《らち》が明かない。

一応ディアベルには、最初に契約したのがクレアだし、ディアベルは正式契約もまだなので、先輩に譲ってはどうかと提案してみたが、あまり良い顔をしなかった。

ディアベルにとって重要なのは契約うんぬんではなく、従者としてどちらが主の役に立つかなのだと言う主張だった。

「わかりました。なら勝負しましょう！」

「は⁉」

クレアさん？　いきなり何を言い出すのかなこの子は。君そんなに攻撃的じゃなかったよね。

慌てて止めようとするが、その前にディアベルが売られた喧嘩を買ってしまう。

「良いのかクレア？　レベル差はあるが、実戦の経験は私の方が多いのだぞ？」

「おいおい……」

君も挑発するんじゃない。間に入る俺を無視して二人は臨戦態勢だ。

俺が原因で始まった喧嘩なのに、完全に蚊帳《かや》の外って感じになっている。

思わず頭を抱えたくなったがこれはもう止まりそうもないな。

しょうがない、この先しこりを残しながらダンジョンを探索するのは難しいだろうから、ここはルールを決めて思い切りやらせてやろう。

「わかった。ならルールを決めさせてもらう。お互い補助武器である短剣と自分の肉体のみ使用して、魔法と弓矢は禁止だ。そして必ず寸止めにする事。そして勝負の結果に文句は言わない事。このルールが守れないなら一緒には連れて行けない。二人ともそれで良いか？」

異存は無いようで二人とも頷いた。

本来の目的であるダンジョン探索はそっちのけで、アミルとレレーナは既に観戦モード。離れた所に腰掛けておやつを食べている。

ちなみにシャリーはレレーナの膝の上にちょこんと座っていた。

距離を取った二人の間に立つ俺は審判兼回復役だ。万が一何かあった時のために近くに居た方がいい。

お互いに短剣を構えて相手を鋭く睨みつける二人。張り詰めた空気の中、それを斬り裂くように俺が開始の合図を告げる。

「はじめ！」

瞬間、猛然と地を蹴って肉薄するクレア。一方のディアベルはその場から動かずに迎え撃つつもりのようだ。

勢いそのままに斬りつけてくるクレアの一撃を、剣の上を滑《すべ》らせ上手く受け流すディアベル。

自慢の速度を活かし次々と攻撃を繰り出すクレアに対し、ディアベルは最小の動きで攻撃を受け流す事に専念している。

スピードとパワーではクレアが上回っているとディアベルもわかっているだろうから、まずは守りを固めて隙を窺《うかが》う作戦なのだろう。

二人の剣術スキルは同じレベル2。長期戦になれば体力のあるクレアに有利になる。

だが勝負を焦ったのか、防御を突き崩せないクレアは埒が明かないとばかりに攻撃が大振りになる。一気にパワーで押し込むつもりだ。

それを待っていたように、ディアベルが地面に手を付くほど身を低くして一撃をかわした。

突然目の前から標的がいなくなったクレアの剣は空を切り、体勢を崩してしまう。

そこにすかさずディアベルが足払いをかけると、クレアはなすすべも無く転倒してしまった。

「きゃっ！」

「もらった！」

勝利を確信し、クレアに馬乗りになり首元に剣を突きつけようとしたディアベル。

その時、突然剣を持つ彼女の利き腕に何かが巻き付くと、一瞬で転ばされて体勢を入れ替えられてしまった。

驚くディアベルの眼前には、クレアの持つ剣の切っ先が突きつけられている。

「勝負ありです」

「……尻尾を使ってくるとはな。獣人だという事を考慮に入れていなかった。私の負けだ……」

俺は荒い息を吐く二人に近づいて、怪我が無いか確認してやる。幸い二人とも無事のようだ。

するとクレアは身体を離し、未だ倒れたままのディアベルに笑顔で腕を差し出した。

一瞬躊躇《ちゅうちょ》したものの、苦笑しながらその腕を取るディアベル。

「完敗だな。約束は約束だ。今後主殿のお世話はクレアに任せるとしよう」

「魔法ありだったら、私のほうが負けていたかもしれませんね」

良かった。雨降って地固まるの諺《ことわざ》どおり、何とか上手くまとまってくれたか。一時はどうなる事かと思ったぞ。

だが安心したのも束の間、ディアベルがまた妙な事を言い出した。

「従者としてのお世話はクレアに任せるが、女としての勝負はこれからだ。どちらが早く主殿の子を身籠《みご》るか、勝負だなクレア！」

「ええっ⁉　何て事言うんですか！　私とご主人様はそんな関係じゃ……」

俺の意思を無視してとんでもない事を口走ったなディアベル。突然明るい家族計画の話を振られたクレアは真っ赤な顔でこっちを見ている。

あ、視線が合った途端に目を逸らされた。うーん。可愛いじゃないか。

その時、何者かが投げた石が俺の腕に直撃した。

敵襲かと思ったら犯人はアミルだった。奴め、俺がモテているのが気に食わないらしい。

「……アミル？　もしかして妬《や》いてるの？」

「え⁉　そんな訳ないだろレレーナ！　俺はお前一筋だよ！」

馬鹿め、真横にレレーナが居るのに迂闊《うかつ》な真似をするからだ。

思わぬ展開に場の空気がおかしくなったが、今後二人とどうするかは目標を達成してからゆっくり考えよう。

原因は何であれ仲間の結束が高まったのは良い事だ。探索を再開するとしますか。


地下十一階は、最初は犬程度の大きさの蟻《あり》が二、三匹出現しただけだった。

いずれもレベル20と強敵でもないので軽く倒せたのだが、戦闘中に後から後から湧いて出てきて、いつの間にか周りを取り囲まれていた。

『軍隊蟻：レベル20』

一匹一匹はそれほど強くない。動きは遅いし攻撃も単調なのでかわすのは簡単だ。それに俺達の攻撃力ならほぼ一撃で蟻を仕留める事が出来ている。

だが数が多くなれば話は別だ。一匹を仕留めている間に回り込んできた蟻が、横合いや後ろから噛みついてくる。

虫というのは小さくても力が強い。ましてこのサイズの蟻の攻撃は十分命の脅威となる。

戦闘開始から随分経ったが、みんな負傷して息も上がっている。

レベルアップの恩恵で瞬時に回復するものの、すぐに複数の敵から攻撃を受けるのであまり意味がない状態だ。

既に仕留めた蟻の数は十や二十じゃきかないだろう。

戦う前に造った土台に乗せたシャリーが半泣きになっていて、心配そうにこちらを見ていた。

大丈夫だと答えてやろうとしたその時、その土台をよじ登っている蟻を発見したので駆け寄って仕留めておいた。

このままでは守りきれなくなるな。何とか切り抜けて一旦逃げるとしよう。

一番敵の数が多い集団はアミルが受け持っている。アミルは至るところから流血しつつも、必死で剣を降り続けていた。

孤軍奮闘する彼には悪いが全員の安全のためだ、少し痛い目を見てもらおう。

俺は敵を牽制しながら徐々に魔力を高め、手のひらに光球を作り出す。爆発魔法というのは敵が密集している所にぶつけるのが一番効果的なのだ。

アミルと交戦している敵の集団を片付ければ、退路が開かれるしな。

「アミル！　ちょっと痛いが我慢しろよ！」

「今忙し……えっ⁉」

アミルの視界に飛び込んできたのは俺が放った爆発魔法の光球だった。

悲鳴を上げ慌ててアミルが飛び退くと同時に、彼の至近距離に居た敵集団の中に光球が吸い込まれた。

着弾した光球は瞬時に衝撃波を周囲に拡散させ、激しい炸裂音と共に敵集団の中心で破壊の炎を撒き散らす。

為す術《すべ》も無く巻き込まれた蟻達の頭や手足が俺達の頭上を飛び交った。

避けたとは言え近くに居たアミルももちろん無事ではすまない。爆風の衝撃で受け身も取れずにゴロゴロと転がっている様は、まるで西部劇に出てくるタンブルウィードの様だった。

「お、お前何考えて……！」

「文句は後だ！　みんな、逃げるぞ！」

言うが早いか倒れているアミルを担ぎ上げ駆け出す。シャリーはすでにクレアが回収済みだし、ディアベルとレレーナは自力で走れる。

追って来ようとする蟻の残党に再び爆発魔法を放ち、土壁を作って足止めしておいた。

なんとか敵を振り切って一息つくと、緊張の糸が切れたのか全員がその場に座り込んでしまった。

本当に危機一髪だったな。

「危なかったな。あのままだと全滅してたかもしれない」

「そうね。敵はまだまだ現れそうだったし、撤退は正しい判断だと思うわ」

「……俺はお前に殺されるかと思ったよ」

半眼でこっちを見てくるアミル。助かったから良いじゃないか。それにレレーナが気にしていないんだから文句を言うな。

「……俺がおかしいのか？」

納得いかないのかアミルがしきりに首を傾げていたが、突っ込むと藪蛇《やぶへび》になりそうだから黙っておこう。今はあの軍隊蟻をどうするかが先だ。

俺とレレーナが負傷者に回復魔法をかけて回る。現状を確認すると、皆いくつかレベルアップしていたようだ。

●エスト：レベル30
HP　495／495
MP　389／389
筋力レベル：4（＋2）
知力レベル：3（＋3）
幸運レベル：1
▼所持スキル
『経験値アップ：レベル2』『剣術：レベル3』
※隠蔽中のスキルがあります。

新たなスキルを獲得できます。次の中からふたつ選んでください。
『剣術：レベル4』
『幸運アップ』

『無詠唱：レベル2』
『火炎魔法：レベル3』

●クレア：レベル29
HP　411／411
MP　134／134
筋力：レベル3
知力：レベル2
幸運：レベル3
▼所持スキル
『弓術：レベル3』『みかわし：レベル3』
『剣術：レベル3』『扇撃ち：レベル2』

●ディアベル：レベル26
HP　282／282
MP　360／360
筋力：レベル2

知力：レベル3
幸運：レベル2
▼所持スキル
『精霊召喚（炎）（土）（風）：レベル3』『剣術：レベル3』

●シャリー：レベル20
HP　208／208
MP　56／56
筋力：レベル2
知力：レベル1
幸運：レベル2
▼所持スキル
『嗅ぎ分け：レベル2』


アミルはレベル27から29に。レレーナは26から28にそれぞれ上がっていた。

激戦だったからか、クレアやディアベルのスキルレベルがいくつか上がっているな。

俺も30の大台に乗ったし、ゴールドランクが射程に入ったって感じか。シャリーは早くもレベル

20に到達だ。

ギルドにランキングがあるか知らないが、あるとすればレベルアップ最短記録と最年少記録を更新している事だろう。

ここで俺は何のスキルを取るべきだろうか？

今回は基礎筋力も上がっているし、ここで剣術を上げてパーティーの前衛をさらに強化するのも良いが、今回の様に乱戦になった場合を考えると自分一人が楽になるだけで、パーティーとしての恩恵はあまり無いように思う。

今の俺なら魔法を連発してもＭＰが底をつく事はそれ程無いし、ここは魔法を強化しておいた方が良いだろうな。

幸い今回はふたつスキルを選べるみたいなので、『無詠唱：レベル２』と『火炎魔法：レベル３』を獲得してみた。これで戦局を打開してみよう。


再戦前に新たに覚えた魔法を試しておこう。

無詠唱のレベルが上がったおかげか、イメージしてから魔法が発動するまでの時間が短くなっていた。体感的に今までの半分ぐらいの時間で使えるようになったので、連射が利くようになっている。

次に火炎魔法の検証をしてみた。

使える種類は今までと同じ放射状に吹き出るタイプ、火炎球を放つタイプ。爆発する光球を生み出すタイプに加え、槍の形をした物が複数現れて目標を貫通後に燃え上がるといったタイプが増えていた。

火炎球は威力が上がり、放てる数が三つに増えている。これは応用が利くようで、威力を落とせば数を増やせるようだった。

爆発魔法は出現する光球の大きさが今までの倍ぐらいになっていて、試しに最大威力で百メートルほど先に着弾させてみたら、衝撃波で俺達全員吹き飛ばされてしまった。

これは威力が大きすぎて実戦では使い勝手が悪い。こちらも威力を落とすと複数撃てる事がわかったので、実戦で使うならこっちをメインにするべきだろう。

発動時間が半分になった上で撃てる数が増えるなら、単純に考えて魔法での攻撃力は倍以上になっている。かなり有利になったな。

あの蟻の集団について相談したところ、意見は半々に割れた。

ひとつが、軍隊蟻を無視して進んでも良いんじゃないかという意見。

もうひとつは、目的はあくまでもフロアマスターを倒す事であるから、ここで蟻相手にレベルを上げて万全を期してはどうかという意見だ。

「ここで大量の蟻と戦って消耗するより、下の階で少しずつレベルを上げた方が良くないかしら？」

「ふむ。確かにここまで多くの数が一度に出現する敵というのも、そうはいないだろうしな」

「いや、でも一気に力をつけるのには向いてると思うんだよ。現にレベルが2、3上がったしな」

「繰り返し戦えば最後には勝てるのではないでしょうか？」

レレーナとディアベルは無視して進む派。アミルとクレアはここで蟻を倒して力をつける派。どちらも正しい意見と言える。

「エストはどう思う？」

「俺は……ここで戦う方が良いと思う。下の階に降りても手頃な敵がいるとは限らないからな。それに、この程度を倒し切れないならフロアマスターを倒すのは無理じゃないかな」

結局、俺が後者を選んだので多数決で蟻を殲滅する事になった。問題はどうやって奴らを片付けるかなのだが、その前に奴らを観察して巣の位置を確認しようという話になった。

ここで初めて俺の持っている『隠密』スキルが役に立つ。

身を隠しながら単独で奴らと交戦した場所に来ると、まだ何匹かの蟻が周囲をウロウロしていた。スキルのおかげで警戒されずにその内一匹の後を付けて行くと、地下に続く穴の中に潜って行った。

念のためにしばらくそこを観察していると、同じように何匹かの蟻が出入りしていたのでここが巣で間違い無さそうだ。

仲間の下に戻って早速作戦会議だ。

「恐らくあそこが巣だろう。巣があるって事は、女王蟻も居るはずだ」

爆発魔法で出入り口を塞ぐのは論外だ。水攻めも難しい。ならば乗り込んでいって斬り倒すしかない。

女王蟻さえ倒せば統制は取れなくなるはずだから、各個撃破も可能だろう。

「下手に外で戦うと囲まれるからな。巣の中なら正面の敵だけを相手にすればすむ。脱出できなくなる危険は増えるが、そっちの方が勝率は高いと思う」

俺の意見に皆賛成しくれたので後は実行あるのみだ。

問題はその間シャリーをどうするかだった。一人で放っておけないし、連れて行くと今まで以上の危険がある。

一度簡易村に戻って留守番をさせようかという話になったんだが、それは本人が断固として拒否した。

「いや！　みんなと一緒が良い！」

聞き分けの良いシャリーにしては珍しく、頑として言う事を聞かない。ディアベル達が説得しても拒否するし、終《しま》いには俺の脚にしがみついて離れようとしなかったのだ。

これだけ嫌がっているのに無理に引き離すのも可哀想だし、何よりこの子に泣かれるのは辛い。

結局子供を一人で留守番させるより連れて行った方がマシだろうという話にになった。

「わかったよシャリー。じゃあ一緒に行こう。その代わり言うこと聞くんだぞ」

シャリーの表情が一気に明るくなる。本当に危ないんだがなぁ。

そうだ！　シャリーもレベル20になっているんだし、少しは戦えるかもしれない。試してみる価値はあるな。

「シャリー、ちょっと俺と剣の稽古《けいこ》をしてみないか？」

「けいこ？」

「ご主人様、シャリーちゃんを戦わせるつもりですか？」

クレアが心配そうに言ってくるが、たぶん大丈夫だろう。このステータスは伊達ではないはずだ。

俺が予備で持っている短剣を渡して少し剣の振り方を教えてやると、素振りの回数を重ねる毎にみるみる振りが鋭くなっていった。

これは……ひょっとしたらとんでもない掘り出し物かも知れん。

次は避ける稽古だ。

木の棒を拾ってきてシャリーに打ち込むと、最初は当たっていたものの次第に目で確認して避けるようになっていった。

最後の仕上げに短剣で俺と模擬戦《もぎせん》をしてみる。シャリーの動きはかなり素早い。剣速も明らかに同レベルの頃のアミル以上だろう。油断していたら一本取られそうになったほどだ。

体が小さいので攻撃が当たりにくいし、獣人だけあって人間よりも基礎の筋力が優れている。

この短時間である程度形になるなんて、シャリーにはもともと剣の才能があるのかもな。

見ていただけとは言え俺達と一緒に何度か戦闘もこなしているし、これなら蟻相手にもなんとかなりそうだ。

「ごしゅじんさま、シャリー役に立つ？」

「もちろん。シャリーが手伝ってくれると凄く助かるぞ」

「えへへ～」

頭を撫でてやると、尻尾が千切れそうなぐらい左右に振られた。感情表現がストレートなので見てて飽きる事が無い。本当に可愛い子だ。

「自信なくすぜ……」

シャリーの上達ぶりを見たアミルが落ち込んでいる。

その気持ちは俺にもわかる。レベルの補正もあるが、世の中には天才というのは居るもんだと思い知らされた。俺も同じレベルなら勝てなかったかもしれないしな。

上機嫌で剣を振り回しているシャリーのステータスを改めて確認すると、彼女は新たに剣術スキルを獲得していた。

●シャリー：レベル20
HP　208／208
MP　56／56
筋力：レベル2

知力：レベル1
幸運：レベル2
▼所持スキル
『嗅ぎ分け：レベル2』『剣術：レベル2』


今の簡単な稽古だけでいきなりレベル2ですか。

これはアミル達が抜けた後、うちのパーティーの貴重な前衛になれるかもしれないな。

とにかくこれで勝率は上がった。いよいよ蟻の巣に突入だ。


巣に直接乗り込む事にした俺達は、入り口に居た数匹を素早く片付け、中に飛び込んでから土壁で入り口を塞いだ。

こうしておかないと、戻って来た蟻に背後から挟み撃ちにされる恐れがあるためだ。

すでに俺達の侵入を察知したのか、蟻達の動きが慌しい。

「前衛は俺とアミル！　クレア達は周囲の警戒を怠《おこた》るな！　シャリーはディアベルのそばから離れるなよ！」

「わかりました！」

「わかった～！」

蟻の巣は結構広い。入り口は狭かったが、中の通路は大人が三人並べる程度の幅があった。

正面から次々と蟻達が押し寄せてくるので、さっそくレベルアップした火炎魔法を試してみる。

炎の槍をイメージすると、俺の周りに高温の炎で形作られた槍が三本ほど空中に出現した。

貫通力を高めるイメージで蟻達目掛けて魔法を発動させると、後ろから仲間に押されて前進するしかない正面の蟻を、何体かまとめて貫き炎を巻き上げる。

ギギギと耳障りな悲鳴を上げて次々と倒れていく蟻。だが後続の蟻達は何事も無かったかのように仲間の死骸を乗り越え、こちらに向かってこようとする。

前衛の俺とアミルを援護するために、クレアの矢とディアベルの魔法が絶え間なく放たれた。

蟻達の波状攻撃を何度か撃退して目の前に蟻の死骸が山積みになった頃、俺達前衛とクレア達の間の壁にボコりと言う音と共に穴が開いたかと思うと、蟻が数匹飛び出してきた。

俺達が戦っている間に横から穴を掘ってやがったのか！

このままじゃ分断されると焦った瞬間、俺達が助けに戻るまでもなく、蟻の首が次々と刎ね飛ばされた。

「え～い！」

可愛らしい掛け声と共に、シャリーが見事な腕前で蟻達を撃退している。驚いた。もう立派に戦えてるじゃないか。

「よくやったシャリー！」

嬉しそうな表情のシャリーが手を振って答える。

新しく開いた穴からは、まだまだ後続の蟻が向かってきているようだ。一旦戻って土魔法で塞ごうとすると、それはディアベルに止められた。

「主殿、ここは私に任せて欲しい」

ディアベルが意識を集中する。彼女の眼前の空気が一瞬揺らいだかと思うと、次の瞬間、炎をまとった大きな蜥蜴《とかげ》が出現していた。これは……サラマンダーってやつか！

「行け！」

短く発したディアベルの命令に従い、サラマンダーは新しい穴にのそりとのそりと進んで行く。

接触した蟻達が噛み付いて攻撃するが、相手は高温の塊だ。あっという間に燃え上がりダメージを受けている。

しかし蟻達は昆虫だから恐怖という感情が存在しないのか、燃え尽きた仲間の横を素通りしてサラマンダーに対して更に攻撃を加えてくる。

このままでは数に押される。誰もがそう思ったその時、サラマンダーは大きく息を吸い込むと口から凄まじい勢いで炎を吐き出した。

横穴いっぱいに広がった炎の威力はすさまじく、こちらに向かってくる蟻達はなす術も無く炎に呑まれて灰になっていく。

精霊魔法ってのも強力なんだな。自分で前線に立つリスクが無いから使い勝手が良いし。

いくら蟻達の数が多いとは言え、流石に無限に湧いて出る訳ではない。俺達が前進する毎に敵の出現する数は着実に減っていった。

俺達の足元には切断されたり燃え尽きた蟻の頭や体がゴロゴロと横たわっているが、この状況では魔石を回収する余裕も無い。

皆疲労と負傷で声もない。クレアやシャリーは耳がペタンと倒れている。そろそろ限界かもしれない。


気力を振り絞って先に進んだ俺達は、大広間と言っていい広さの洞窟に辿り着いた。

人の背丈ほどの米粒が大量に壁に張り付いている。あれが軍隊蟻の卵なのだろう。

その大量の卵に囲まれ、中央に全長三メートルほどの、下半身が異常に大きな蟻が鎮座していた。

「あれが女王蟻か」

「やっと辿り着いたってわけだな」

剣を構える俺達の殺気に反応したのか、女王蟻がゆっくりと立ち上がり威嚇《いかく》してきた。

もう俺達のＭＰは底を尽き掛けている。あと一、二発撃ったら弾切れだろう。

だがこれで最後とばかりに、ここまで温存していた爆発魔法を使うために精神を集中する。

光球を自分の周囲に浮かび上がらせた俺は、女王蟻の足元目掛けて発射した。

「くらえ！」

図体の大きさが仇《あだ》となって回避も出来ないのか、殺到した爆発魔法の光球は狙いどおり女王蟻の足元に着弾して大爆発を起こし、女王蟻の足を何本か千切り飛ばした。

今ので魔法は撃ち止めだ。回復するには少し時間がかかる。今の攻撃で怒り狂った女王蟻が俺達目掛けて突進してくるが、全員素早く散開して距離を取る。

「いきます！」

クレアが扇撃ちを連射して、おびただしい数の矢が次々と女王蟻の体に突き刺さった。傷口からは透明な体液が溢る。まるで体の一部がハリネズミの様相だ。

「召喚に応じよ！　サラマンダー！」

ディアベルは最後の気力を振り絞って再びサラマンダーを召喚した。

サラマンダーは炎を吐きながら女王蟻に噛み付いていく。負けじと大きな顎で噛み付き返す女王蟻。

大火傷を負わせて女王蟻の顎を溶かしたサラマンダーは、噛み砕かれて消滅してしまった。矢の雨と大火傷で動きの鈍った女王蟻に残りのメンバーで接近戦を挑む。

「やあぁ！」

「くらえ化け物！」

レレーナが何度もモーニングスターを叩きつけ、アミルは『唐竹割り』で女王蟻の足を何本も切断した。そして俺の肩を踏み台にしたシャリーが盛大に飛び上がる。

「おっきいの怖い～！」

女王蟻の頭に着地したシャリーは、短剣を振り下ろし見事触覚を切断した。

俺は女王蟻の背に飛び乗り、胸部と腹部をつなぐ体の一番細い部分、腹柄節《ふくへいせつ》に何度も剣を振るった。

「くたばれ、この！」

暴れる女王蟻に何度も振り落とされそうになるが、あきらめずにしがみつき、体液を浴びながら剣を振り続ける。

そしてついに両断する事に成功したのだった。

胴体を分断されては流石の女王蟻も無事では済まず、もがいていた手足が次第に動きを止め目の光も消えた。何とか倒したようだ。

動かなくなったのを確認すると同時に、全員武器を放り出してその場に座り込む。

無理も無い。全員もう限界だったからな。

そして瞬時に俺達全員に新たな力が湧き出てきた。レベルアップだ。

●エスト：レベル34
ＨＰ　５４５／５４５
ＭＰ　４３１／４３１

筋力レベル：4（＋2）
知力レベル：3（＋3）
幸運レベル：1
▼所持スキル
『経験値アップ：レベル2』『剣術：レベル3』
※隠蔽中のスキルがあります。

新たなスキルを獲得できます。次の中から選んでください。
『幸運アップ』
『剣術：レベル4』

●クレア：レベル32
HP　440／440
MP　145／145
筋力：レベル3
知力：レベル2
幸運：レベル3

▼所持スキル
『弓術：レベル4』『みかわし：レベル3』
『剣術：レベル3』『扇撃ち：レベル2』
『強弓：レベル1』

●ディアベル：レベル29
HP　308／308
MP　418／418
筋力：レベル2
知力：レベル3
幸運：レベル2
▼所持スキル
『精霊召喚（炎）（土）（風）：レベル3』『剣術：レベル3』

●シャリー：レベル25
HP　248／248
MP　68／68

筋力：レベル2
知力：レベル1
幸運：レベル2
▼所持スキル
『嗅ぎ分け：レベル2』『剣術：レベル3』

『大跳躍：レベル1』


アミルはレベル29から32に。レレーナは28から31にそれぞれ上がっていた。

激戦を戦い抜いたおかげで、皆大きくレベルアップしている。レベルだけならもうゴールドランクに匹敵するだろう。

クレアは弓術がレベル4の達人クラスになっているし、新たに『強弓』というスキルも手に入れていた。全力で一撃を放つスキルなんだろうな。

シャリーはレベルが五つも上がっている。もうシルバーランクは確実な強さだ。

実際今回の戦いも助けられる事が多かった。精神的にも成長してきたみたいだし、もう前衛を任せても大丈夫だろう。

それに『大跳躍』というスキルも気になる。「俺を踏み台にした～！」から、獲得できたのかもしれない。合体技という扱いにしておこう。

ディアベルは30まで後一歩か。次の戦闘で問題なく上がるだろう。

俺は今回どんなスキルを獲得しようか……。少し悩んだが、ここは物理攻撃力を上げるとしよう。

という事で『剣術：レベル4』を獲得。

これで、いずれ訪れるフロアマスターとの戦いが随分と楽になったはずだ。

後は出来るだけ魔石を回収して、この穴倉から出るとしますか。


討伐に成功した女王蟻の体内からは人の頭ぐらいの大きさの魔石が出てきた。

白く輝いていて、かなりの質の良さだ。これなら高値で売れそうだ。

他の軍隊蟻も解体してみたが、出てくるのは全て真っ黒で普通の石と変わりなかった。

これでは売り物にならないため、回収はあきらめるしかない。

巣の中の蟻は全滅させたものの、壁には卵が残っていた。羽化すると厄介なので全て破壊しておいた。

レベルアップで復活した魔力で次々に焼き払っていく。ひとつでも残すと大変だから念入りに壊しておかないとね。

その後は生き残りの蟻に遭う事も無く、入り口まで戻って土壁を取り除く。何匹かの軍隊蟻が中に入れずウロウロしていたので、こっちもさっさと片付けた。

やっと草原まで戻って来た俺達は、手足を投げ出して大地に転がり胸いっぱいに空気を吸い込んで深呼吸する。

空は青空ではないけど、開放感があるってのは本当に素晴らしいなと実感できた。

その時、俺の真横でグウッと言う凄い音がした。何かと思って見てみるとシャリーの腹が鳴ったようだ。

お腹が空いて、腹をさするシャリーの耳はペタンと倒れている。育ち盛りだからな。いっぱい食べさせてやらないと。

「よし、じゃあ飯にしようか」

「やったー！」

「おお、飯だ飯だ！」

「お腹空きましたね」

「今なら普段より美味しく感じるだろうな」

「じゃあ準備しないとね」

その声に喜んだのはシャリーだけでは無かった。皆が思い思いの場所に腰掛ける。さて今日は何を作ろうか。

保存の利く道具袋から牛肉と豚肉を取り出す。

俺がそれを細かく切って挽肉《ひきにく》状態にしている間に、クレアが微塵切りにした玉葱を炒めて冷ましておく。

レレーナが用意したパン粉を牛乳にひたした後、塩コショウしたそれらをまとめて鍋に放り込み、粘り気が出るまでこねる。ひたすらこねる。

一旦取り出して鍋に油を引き弱火で加熱した後、人数分に分割して真ん中をへこませた挽肉を焼いていく。そして両面が焼けたら完成。簡易ハンバーグの出来上がりだ。

だがまだ終わりではない。これに街から持ってきたソースをかけて、切れ込みを入れたパンに挟んでハンバーガーの完成だ。

「おいし～い！」

「ホントに美味しいです！　ご主人様！」

「主殿は料理も出来るのか……」

皆にはなかなか好評だ。パンに肉を挟むと粗末な食材でも不思議と美味しく感じるんだよな。量は少ないが味でカバーできたと思う。

さて、腹もふくれたしこの後どうするかだ。フロアマスターの情報は何も入ってこないし、とりあえず下の階層を目指すって事で良いのかな。

「手がかりになるかどうかはわからないが、以前小耳に挟んだ情報では十階から十三階に出現するそうだ。毎回違うモンスターらしくて、対策の立てようが無いそうだがな」

ディアベルが、盾として連れ回されている時に得た情報を提供してくれた。

てことは、そろそろ出現してもおかしくないのか。一目でフロアマスターだとわかる目印があるといいんだが。

「それなら簡単だ。ステータスにフロアマスターの称号が付いているらしい。見ればわかるはずだ」

「称号？　なんだそれ？」

初めて聞く言葉に首をかしげている俺に、アミルが得意げに説明してくれた。

「それなら俺が知ってるぜ。種類にもよるが、大抵の称号はステータスを大幅に引き上げてくれるそうだ。有名な冒険者なんかは称号持ちが多い。称号を得られる条件は色々あるみたいで、フロアマスターを倒した場合はパーティー全員に討伐の称号が付くけど、強力な魔物を倒したりすると、特別な称号は直接とどめを刺した奴だけがもらえるんだってさ」

特別なのはとどめを刺した奴限定なのか……そっちもパーティー全員にもらえれば良いのに。

とにかく少しでも情報が入ったのは良い事だ。このまま進めば出現するだろう。

マップによると十二階への階段はそんなに遠くない場所にあるみたいだ。


軍隊蟻以降は敵の襲撃に遭う事も無く、すぐに地下十二階への階段まで到達できた。

だが階段周辺の様子がおかしい。怪我を負った冒険者達が下の階から何組か上がってきているのだ。何か異常事態でもあったんだろうか。

駆け寄って手助けした俺達に礼を言う冒険者に話を聞くと、彼は傷の痛みに顔をしかめながらも教えてくれた。

「……フロアマスターが出た。俺のパーティーの他にもう何組かパーティーが居たんだが、逃げることが出来たのは俺達だけだ」

フロアマスターと戦ったのか……全員武器も折れ防具も壊れてボロボロになっている。正直よく生きて帰って来れたなと思うほどの酷い状態だ。

このままにもしておけないのでMPに余裕のある俺が回復魔法をかけてやる。

レベルアップしてるおかげで以前より回復速度が速くなってるな。

怪我が治った冒険者達は礼の代わりに、フロアマスターの情報を教えてくれた。

「奴はアンデッドの大群を率いていた。首の無い騎士の亡霊だ。相当な強さだぞ、戦うなら気をつけろよ」

忠告してくれた彼等は簡易村に戻るらしい。幸い軍隊蟻もいないので、無事に帰れるだろう。

それにしても首の無い騎士……デュラハンって奴か。人の命を刈り取るとか言われている強力なアンデッドだな。

だが今の俺達の戦力なら、アンデッドに対しても有利に戦えるだろう。

俺の火炎魔法と回復魔法、レレーナの回復魔法にディアベルの精霊魔法がある。

「覚悟は良いかみんな？」

真剣な顔で皆が頷く。やっとここまで来たんだ、負ける訳にはいかない。

俺を先頭にしたパーティーは警戒しながらゆっくりと階段を降りて行く。すると一段降りる毎に生ゴミのような臭いが次第に強く漂ってくるようになった。

アンデッドの大群と言っていたから、きっと死体が腐った臭いなんだろう。

俺達はまだ何とかなるが、獣人であるクレアとシャリーには厳しい環境だ。

辛そうなクレアと涙目で鼻を押さえているシャリーに、湿らせた手ぬぐいで簡易のマスクを作ってやる。これで少しはマシなはずだ。

ふと見れば、アミルはやはり口で呼吸していた。だからアホみたいだぞお前。

階段を降りきった俺達が見た物は、バラバラに粉砕されて腐りかけた死体が散乱していた光景だった。新しい物から古い物まである。

新しいのは最近やられた冒険者達のようで、身に着けている装備が比較的新しい。ああはなりたくないもんだ。

ぐるりと周囲を見回すと、このフロアも十分な広さがあった。

地下十一階の草原程ではないが、天井までの高さは十メートル以上はあるだろう。これなら全力で戦えそうだ。

そして、俺達に気がついたアンデッドの大群がゆっくりとした足取りでこちらに向かってくる。

二百〜三百体以上は居るだろう。その様はまるで昔のゾンビ映画だ。

体の大小はあるが全て動きが鈍いのが救いだな。この速度なら十分対処可能だ。

死体相手に手加減は無用。あまり使う機会が無いと思っていた爆発魔法をここで存分に使わせてもらおう。

土壁で土塁《どるい》を築き皆を伏せさせた後、敵集団のど真ん中に炸裂するイメージで魔力を練っていく。

そして、十分魔力を込め大きくなった光球を敵目掛けて素早く放った。

耳をつんざく炸裂音と共に、身を伏せた俺達の頭上を衝撃波と爆風が通り抜けていく。

少し遅れて、土や砂利やアンデッドの体の一部が、パラパラと上から降って来た。

「きゃああっ！　ちょっと！」

急に目の前に腐った人間の顔が降って来た事で、柄にも無く焦ったディアベルが可愛い悲鳴を上げていた。もっとも、慌てて頭を外に蹴り出したのは流石だと思ったが。

土塁から身を乗り出して周囲の状況を確認してみると、敵集団は大部分がバラバラに吹き飛ばされて跡形も無い。残りは百も居ないはずだ。

そして多くの雑魚を消した事で、今まで隠れていた敵が見えてきた。敵集団の奥に、首の無い馬に乗った首の無い騎士の姿が現れたのだ。

あれがフロアマスターだろう。いよいよご対面という訳だ。さあ、俺達の強さを見せてやろう。

もう一発爆発魔法をお見舞いしてやろうと思ったが、予想より早くデュラハンが突撃してきたので断念せざるを得なかった。

デュラハンは自身の体が隠れるほどの大盾とアミルが持つ両手剣より一回りは大きい大剣を片手

に持ち、馬に乗って猛然と迫ってくる。

騎乗しているだけあって今までの敵とは段違いの機動力だ。威圧感も並みではない。

すれ違いざまに俺を両断しようと大剣を振り下ろしてきたので、こちらも剣を振り上げて迎撃する。

ガキッと重い音が響いて俺と奴の剣が交差した。

「ぐううっ！」

騎馬の突進力が加わっているからか、凄まじく重い一撃だった。今の攻撃だけで手に痺《しび》れが残る。

こちらに向かってきた時の勢いそのままに俺達の横を通り過ぎていくデュラハン。

なるほど、一撃離脱戦法か。ならこちらもそれを利用させてもらおう。

俺はデュラハンが戻って来ない内に雑魚を全て片付ける事にし、火炎球を作れるだけ作って敵の居る方向に連射した。火炎球は攻撃範囲が広いので撃てば当たる状態だ。

他の皆も次々と攻撃していく。

ディアベルが召喚したサラマンダーは噛みつきやブレスでアンデッドを次々と灰にしている。やはり火炎攻撃は相性が良い。

レレーナが範囲指定の回復魔法で敵集団を囲んでしまうと、奴らの体はなす術も無くボロボロと崩れていった。やはり僧侶《プリースト》は奴らの天敵だな。

クレアが新しく覚えた弓術スキル『強弓』を放つと、直線上に居たアンデッド達の頭を何体か砕

きながら貫通していった。弓とは思えない攻撃力だ。

アミルとシャリーは近寄るアンデッドの首を次々と刎ね飛ばしていく。二人のコンビネーションはなかなかの物だ。

乱戦の中お互いの後背をカバーしながら上手く立ち回っているので、安心して見ていられる。

そうこうしている内に戻って来たデュラハンが二度目の突撃を仕掛けてきた。

最初はまともに対抗しようとして失敗したが、二度も付き合ってやる義理は無い。

昔から騎馬の弱点など相場が決まっているのだから、そこを突いてやればいいのだ。

俺は瞬時にイメージを固めて魔法を発動させた。

使うのは土魔法。

イメージしたのは、長篠《ながしの》の戦いで織田軍が用いたと言われる馬防柵《ばぼうさく》の簡易版だ。

デュラハンに近い所から地面を泥沼化して奴の機動力を低下させ、奴がスピードを落としている間に自分の目の前の地面を掘削して堀を作る。

そして簡単な土塁の上に馬防柵を築いて待ち構えた。

馬防柵には有刺鉄線代わりのトゲトゲをつけておくのを忘れない。

そして完成した馬防柵の隙間から、鉄砲隊代わりに炎の槍を次々とお見舞いしていくのだ。

だが奴は手に持った大盾や大剣で巧みに防御しながら徐々に距離を詰めて来て、体を焦がしながらも勢いよく馬防柵に体当たりしてきた。

当然馬防柵についていたトゲトゲはデュラハンの騎乗する首なし馬に突き刺さり、その体を容赦なく引き裂いた。

「ヴオオオッ！」

何処から声を出しているのかわからないが、ダメージの大きかった首なし馬は断末魔の悲鳴を上げながら堀に落下し戦闘不能になった。

だが馬が落下する瞬間、馬の背を足蹴にしたデュラハンは柵を飛び越えて、落下の勢いを利用し、俺に向かって大剣を叩きつけてきたのだ。

俺はその一撃をなんとか盾で防いで受け流す。一撃一撃が強力すぎる。早めに決着をつけないと駄目だな。

対峙したデュラハンのステータスを改めて観察してみた。

『デュラハン：レベル40（フロアマスター）』

レベル40もあるのかよ。

しかもこいつの持つ大盾には顔が付いてる。趣味の悪い奴だ。

普通のデュラハンてのは、自分の首を小脇に抱えてスーパーに買い物に行くような奴じゃなかったっけ？

その大盾の顔はニヤニヤと嫌らしい笑みを浮かべてやがる。どうやら俺には勝てると確信してるみたいだな。

油断なく武器を構えた俺に対して、絶対の自信があるのかデュラハンは無造作ともいえる踏み込みで襲い掛かってきた。

踏み込んできたデュラハンの袈裟懸けの一撃を、体を逸らしギリギリ回避する。反撃に斬りつけた剣はあっさりと大盾に受け止められた。

それを皮切りにデュラハンの怒涛の連続攻撃が次々と叩き込まれるが、俺は剣と盾を巧みに使い分けてなんとか防ぐことに成功していた。

だが防ぐので精一杯で反撃する余裕が無い。

剣術スキルは達人並みのレベル4まで上げているというのに、それでこの様《ざま》かと歯噛みするしかない。

それに攻撃を防ぐ毎にこちらの体力が減っていく気がする。いや、これは気のせいではないな。

あの大剣に何か秘密があると直感した俺は、咄嗟に大盾に蹴りを入れて距離を取った。

このままともに斬りあっても勝算は低い。皆もアンデッドの対処で手一杯だし援護は期待できない。

となれば自力で何とかする必要があるが……ここは俺らしく搦《から》め手でいこう。

剣でダメなら魔法だとばかりに、まず小型の火炎球を連発してみる。いくつかは大盾で弾かれるが、大剣で切り裂かれた物もあった。

大盾に防がれた火炎球は炎を撒き散らしたが、大剣で切り裂かれた火炎球は剣に吸い込まれるように消えてなくなった。

俺はその些細《ささい》な違いを見逃さなかった。

これが打開策になりそうだ。瞬時に作戦を組み立て、今度はこちらから打って出た。

一気に距離を詰めて全力で剣を叩きつけ、先ほどのデュラハンのお株を奪うかのように息つく暇も無く攻撃を続ける。

だがアンデッドのデュラハンと違い、俺の体力は無限ではない。剣速が鈍った一撃を大盾で弾かれた俺は一瞬完全に無防備になってしまった。

その隙を見逃さず、がら空きになった胴にデュラハンの大剣が突き込まれた。

刺されたのは左わき腹。鎧を貫通し骨を砕き内臓を抉られるのがわかった。

痛すぎて悲鳴も上げられない。口からは悲鳴の代わりに真っ赤な血があふれ出す。

「ご主人様！」

「エスト！」

「主殿！」

「ごしゅじんさま、死んじゃヤダ～！」

「エスト！　今回復を……！」

勝ち誇った大盾が不気味な笑みを浮かべている。一気にとどめを刺さずに嬲り殺すつもりだろう。

だが油断したな。これこそが俺の狙いだ。すぐに首を刎《は》ねればお前の勝ちだったのにな！

剣を引き抜こうとしたデュラハンの腕を掴み、俺はイメージしておいた魔法を全力で解《と》き放った。

俺の体から淡い光が放たれて瞬時に傷が治っていく。それと反比例するかのように、デュラハンの体がボロボロと崩れていった。

「ギャアアアッ！」

大盾が断末魔の悲鳴を上げている。

何としてもこの世にしがみつこうとする悪鬼の最期だった。

大剣が魔法を吸い込む現象を見た俺は、一か八か大剣から奴等アンデッドの弱点である回復魔法を吸い込ませる手を思いついたのだ。

範囲指定では簡単に避けられるため、確実に喰らわせる必要がある。そのためにダメージ覚悟で自分の体に剣を触れさせたのだ。

無茶な作戦だとは思ったが、格上相手に勝てる手はこれしか思いつかなかった。文字通り命がけだ。

「ご主人様！」

「クレ……わっ！」

雑魚を片付けたクレアが正面から俺の首に飛びついて半泣きになっている。随分心配させてしまったようだ。

他の皆も走り寄って来て俺に飛びついてくる。シャリーが頭に、ディアベルが背中から抱きついて来た。

「心配させやがって！　でも、無事でよかった！」

「無事でよかった。本当に駄目かと思ったわ」

差し出された右手を握りしめ、アミルと固く握手を交わした。その横ではレレーナが涙ぐんでいる。

二人にも心配かけちまったな。でもこれで目標達成だ。今は勝利を噛みしめよう！

改めて俺達のステータスを確認してみると、アンデッドの大群とフロアマスターを倒した事で全員戦闘前とは比較にならないほど強くなっていた。

●エスト：レベル41
『フロアマスター討伐』『不死殺し』
HP　830／830
MP　765／765
筋力レベル：5（＋4）
知力レベル：4（＋5）
幸運レベル：1（＋2）
▼所持スキル

『経験値アップ：レベル2』『剣術：レベル4』
※隠蔽中のスキルがあります。

新たなスキルを獲得できます。次の中から4つ選んでください。
『幸運アップ』
『経験値アップ：レベル3』
『氷結魔法：レベル2』
『回復魔法：レベル2』
『土魔法：レベル2』

●クレア：レベル40
『フロアマスター討伐』
HP　577／577
MP　204／204
筋力：レベル4（＋1）
知力：レベル2（＋1）
幸運：レベル4（＋1）

▼所持スキル
『弓術：レベル4』『みかわし：レベル3』
『剣術：レベル3』『扇撃ち：レベル4』
『強弓：レベル2』

●ディアベル：レベル36
『フロアマスター討伐』
HP　378／378
MP　564／564
筋力：レベル3（＋1）
知力：レベル4（＋1）
幸運：レベル3（＋1）
▼所持スキル
『精霊召喚（炎）（土）（風）：レベル3』『剣術：レベル3』

●シャリー：レベル32
『フロアマスター討伐』

HP　356／356
MP　111／111
筋力：レベル4（＋1）
知力：レベル1（＋1）
幸運：レベル3（＋1）

▼所持スキル
『嗅ぎ分け：レベル2』『剣術：レベル3』

『大跳躍：レベル1』『みかわし：レベル2』


アミルはレベル32から39に。レレーナは31から38にそれぞれ上がっていた。

全員に『フロアマスター討伐』の称号が付いているのが確認できる。

称号の影響なのか各能力にプラス補正がついていた。俺も前より補正が強くなっているし。

それに俺だけ『不死殺し』の称号がある。ふたつの称号のおかげだろうか、デュラハンと戦う前と比べたら、もう別人みたいだ。

「主殿……凄まじい強さになっているな」

「おいおい、ステータスの伸びが異常だろ。もう人間離れしてるぞ」

「と言うか、もうゴールドとかいうレベルじゃないわね」

俺のステータスを確認した皆が驚いている。確かに、今の俺ならデュラハンと再戦しても余裕で勝てるだろう。

これだけ強くなっているなら当初の目的であるゴールドランクには確実に手が届きそうだ。

今回はいくつもレベルアップした事で獲得できるスキルが四つもある。

ここはレベルの低い『氷結』『回復』『土』の魔法をそれぞれレベル2に上げて、最優先で上げるべきスキル『経験値アップ：レベル3』を獲得しておいた。

そして、勝者の特権である魔石の回収に全員で励む。

と言っても、アンデッドの魔石は期待できない塵屑《ごみくず》ばかりだ。

軍隊蟻といい、どれもこれも売り物にならない物が多く、労力に見合って無い気がする。

だが流石と言うべきか、デュラハンの魔石だけは見事な物だった。

大きさはそれ程ではないものの、混じり物が無い透き通った美しい魔石だ。

これは何も知らない人間なら、宝石と言われて差し出されても気がつかないだろう。これだけ見事なら、かなりの高額で売れるはずだ。

そしてデュラハンから回収された物はもうひとつあった。

俺を散々苦しめた例の大剣だ。デュラハンが消えたのにこの剣だけは消滅せずに残った。

こちらの防御を無視して体力を奪い、魔法を放たれても吸収してしまう魔剣。これはアミルに進呈する事にした。

俺だと盾が邪魔になるし、他のメンバーは使っても短剣までだ。自分の身長程もある大剣は扱いづらいだろう。

「いいのか？　デュラハンを倒したのはお前なのに……」

「別に良いよ。騎士になるんだったら、それぐらいの武器を装備して箔をつけておけ。それだけの武器を持っていれば侮られる事もないだろ？」

しばらく俺と大剣を交互に見ていたアミルだが、決心がついたようだ。

「わかった。じゃあありがたくいただいておくよ。お前がくれたこの剣にかけて、立派な騎士になると誓う」

そう言うと俺に向かって深々と頭を下げた。その横ではレレーナが同じように頭を下げる。

やめてくれないかな……俺こういうの苦手なんだよ。面と向かって感謝されたら恥ずかしいじゃないか。

さあ、いつまでもこんな臭い場所に居ないで、さっさと地上に戻るとしよう。

‡

帰還する俺達の移動速度は行きとは比較にならないほど速かった。なにせ魔物と遭遇しても俺達とまともに戦闘にならないのだ。

再び遭遇したアイアンビートルでさえ装甲ごと一撃で両断できるようになっていた。

改めて自分達が大幅にレベルアップしたのだと実感できる。苦労した甲斐があったというものだ。

ダンジョンから出た俺達は、真っ先に入り口のギルド出張所に向かいフロアマスターを倒した事を報告に向かった。

するとちょっとした騒ぎになった。

俺達が提出したデュラハンや女王蟻の魔石を目にした冒険者達からも歓声が上がる。

「おい、見ろよあれ」

「金貨何枚分だ？」

「あいつら、あの若さでフロアマスターを倒したのか？　嘘だろ？」

「いや、あいつらのレベル見てみろ。一番低いあのちびっ子でも30超えてるぜ」

「おいおい、あんな子供が俺の倍近くあるのかよ……」

周囲からは羨望《せんぼう》と畏怖《いふ》が混じった視線を向けられて、クレア達は居心地悪そうだな。

こんな時は、周りの人間は全て大根とでも思っておけば良いんだよ。しゃべる大根……それはそれで怖いな。

アホな事を考えている間に受付からお呼びがかかった。どうもこの場で報酬の受け渡しを行うのではなく、一度ギルド本部まで出向かなければならないようだ。

ギルド側の用意した馬車に全員乗り込むと、同乗したギルド職員が話しかけてきた。

「あなた方の昇格審査ですが、すでにゴールドランクへの昇格が決まっています」

突然告げられたその事実に皆が顔を見合わせる。

アミルとレレーナが本当に嬉しそうだ。だが馬車の中で騒ぐ訳にもいかず、笑顔を噛み殺してグッとこらえていた。無理してるな。

「それと、ディアベルさんとシャリーちゃんの件ですが……」

そこは俺も気になっていた。二人は冒険者登録が無い状態でダンジョンに連れ込まれていたので、ブロンズランクですら無いのだ。

「本来ならブロンズから登録して順番に昇格といった形なんですが、既にフロアマスターを倒した称号持ちをブロンズに登録するのは、他の冒険者の目には奇異に映るでしょう。それに実力的にゴールドの者が下位ランクの仕事を請けたとなると、苦情が出るかもしれません。なので……」

その結果、晴れて二人は俺達と同じゴールドランクになった訳だ。

思わぬ朗報にホッと胸を撫で下ろす。これで皆同じランクになれて一安心だ。

「安心しました。それで、何でギルド本部まで向かっているんですか？」

「冒険者がゴールドランクに昇格した場合、例外なくギルド長からプレートの授与が行われます。そんなに堅苦しい席でもないので安心してください。ギルド長も気の良い方ですから」

だったら良いんだけど……式典とか挨拶とか本当に苦手なんだよな。

そんな俺の心配をよそに、馬車は間もなくギルド前に到着した。

依頼の選別や換金で忙しい冒険者達の横を抜けて、俺達一行は二階へ案内される。

案内してくれた職員がコンコンとドアをノックすると「入れ」という威厳のある声が聞こえてきた。

ドアを開いて目に入ったのは、椅子に腰掛けて書類の山をさばく赤髪の女性だった。俺達をちらりと見ると仕事の手を止め、椅子から立ち上がる。

「ようこそ、冒険者諸君。歓迎するよ。私はギルドマスターのルビアスだ」

ギルドマスターが女なのか⁉　これは意外だった。てっきりゴツイ親父がやってるもんだと思ったが。

それにかなりの美人だ。

年齢は三十前後ってところか。クレアの様な赤い髪を頭上に縛っている。少しほっそりしているが、出るところは出て引っ込むところは引っ込んでいる。ナイスバディというやつだ。

もちろんこんな地位にいるんだから綺麗なだけのお姉さんではないだろう。現にステータスを確認するとレベル45と出ていた。

レベルだけなら俺より上だが、正直今のステータスでは負ける気がしないな。

俺が観察しているのがわかったのか、ルビアスは視線を俺に向けるとニコリと微笑んだ。

「君がエスト君か。君の話は聞いているよ。少し前まで駆け出しのブロンズだったのに、あっと言う間にゴールドランクになった冒険者。しかもフロアマスター討伐の称号だけでなく、不死殺しの称号まで持っている。最初聞いた時は耳を疑ったよ」

「いえいえ、俺なんかまだまだですよ」

俺の情報が集められていた？

気にはなったがコペルから王都まではそんなに距離が無いし、情報を集めようと思えば簡単かもしれない。

それにベビードラゴンや緊急依頼で、色々と目立ち過ぎたのも原因だろう。

油断してたな。厄介事に巻き込まれなきゃ良いんだが……。

「活きの良い若者達が現れてくれて、ギルドマスターとしては鼻が高いよ。これからも活躍を期待している」

そう言うと、ルビアスは俺達全員に桐の箱に入っていたゴールドランクのプレートを一枚ずつ手渡してくれる。

「おめでとう」

「ありがとうございます」

順番にプレートを受け取り、最後に残ったシャリーの番になった。彼女はいまいち状況が理解できていないのか、ニコニコと笑みを浮かべてルビアスを見ていた。

つられて笑顔になったルビアスは、かがみながらシャリーの首にプレートをかけてやる。

「ふふ、おめでとうシャリーちゃん」

「ありがとう！　お姉ちゃん！」

「おねえ……ちゃん⁉」

一瞬驚愕の表情を浮かべたルビアスが、突然シャリーをガバッと抱きしめた。

何事かと思ったが、彼女は本当に嬉しそうにシャリーを撫でまわしている。

どうやらオバサンと呼ばれずにお姉ちゃんと呼ばれた事がよほど嬉しかったらしい。

魔石の買取金額は全部で金貨五十枚だった。

破格だと思うが、滅多に現れないフロアマスターを倒した事が大きかったんだろう。

プレートを渡された後何か言われるかと身を硬くしていたが、それで授与式は終わりのようだった。あれ？　特に何かの頼み事をされるとかは無かったな。

まあいいか……じゃなくて！

重要な用件がまだ残っている。アミルの仕官の話を持ち出すと、再び書類仕事に戻ったルビアスは嫌な顔もせずに答えてくれた。

「ああ、それね。以前アミル君から仕官の問い合わせがあったのは記録に残っていたから、もう職員が手続きをしてるはずだよ。推薦状も用意してるはずだから、後は君の頑張り次第だ」

「そうですか、ありがとうございました」

俺達は礼を言ってルビアスの居た部屋を退室した。

頑張り次第？　ゴールドになれば無条件で騎士になれる訳じゃないのか？

疑問に思って窓口で聞いてみたら、この間の役人みたいな職員が説明してくれた。

「騎士に仕官を目指す方には、ギルドから推薦状が渡されます～。それに書かれた日時に騎士団で面接と剣の手合わせの試験が行われます～。それに合格すると、晴れて騎士として仕官が叶うのです～」

「試験ですか」

「試験……」

試験なんてものがあったのね。あ、アミルの顔色が悪くなっていく。

剣の手合わせはともかく、こいつ試験とか面接とか苦手そうだよな。しょうがない、試験の本番まで前世の経験を生かして特訓してやるか。


ギルドからの報酬を受け取った俺達は街に戻った。推薦状に書かれていた面接日は三日後だ。

それまでにやるべき事を済ませてしまおう。

報酬の金貨五十枚は俺達四人とアミル達で半分に分けた。人数で分けるべきだと言う二人を説き伏せるのに一苦労した。

「お前達二人は新生活に向けて色々と物入りだろう？　多めに渡した報酬はその資金にしてくれ。俺達からの結婚祝いと思えばいい」

「エスト……お前！」

俺の言葉に感極まったアミルが抱きついてこようとしたので、すかさず顔面に一撃入れておいた。

鼻血の流れる鼻を押さえながらアミルが抗議してくる。

「……お前……こういう時は抱きしめ合うものじゃないの？」

「男と抱き合って何が楽しい！」

俺の正当なはずの主張に他のメンバーは冷めた目で俺を見ていた。なぜだ。間違った事は言ってないはずなのに……。

ダンジョンから帰還したばかりという事で、とりあえず今日は一日休日にしておいた。

アミル達と別れた俺達四人がまず向かったのは、王都では初めて行く契約所だ。

王都の契約所も奴隷を売買する施設と隣接していて、種族や年齢もバラバラな奴隷達が檻《おり》に入れられていた。

「あの、すいません」

「はい。奴隷をご入用ですか？」

受付で奴隷の再契約をしたい旨を伝えると、クレアの時と同じように顔に刺青《いれずみ》の入った若い男が奥から出てきた。

まずはディアベルから俺と契約を結ぶ。

彼女は男性の目があるにもかかわらず、大胆にも上着を脱ぎ捨て上半身裸になると、均整の取れた見事な肉体を惜しげもなく披露《ひろう》した。

……見事なオパーイだ。服の上からじゃよくわからなかったが、結構な巨乳じゃないか？　形も綺麗だし、もはやこれは芸術品だろう。ディアベルの褐色の肌のおかげで更に色気を増している。

この芸術品から目を逸らすなど芸術に対する冒涜《ぼうとく》に他ならないと思ってガン見していたら、横からクイクイと袖を引っ張られた。

誰かと思えばクレアだ。彼女は眉をひそめながら俺を見ている。

「ご主人様、あんまり見ちゃ駄目ですよ」

いやらしい気持ちは少ししかなかったのに、クレアから注意されてしまった。

だがディアベル自身は人の視線など別に気にしていないのか、堂々としたものだ。元は軍人だと言ってたからその辺は男っぽいんだろうな。

刺青の男がディアベルの胸元に刻まれた百円玉ぐらいの大きさの奴隷紋に手を当てる。

そのおっぱいは俺の物だ！　と、一瞬抗議の声を上げそうになったが、なんとか自制できた。

ゴールドランクの冒険者の精神力を舐めてもらっては困る。この程度余裕で我慢できるのだ。

だがそんな俺を、横に居るクレアが不思議そうに見てくる。

「ご主人様？　なぜ血が出るほど拳を握り締めているんですか？」

「フッ、愚問だなクレア。ただ握力を鍛えていただけさ」

俺達が見ている中、奴隷紋の帯びる光が次第に強くなっていく。それと同時にディアベルが少し苦しそうにしていた。

そして光が収まると、さっきまでの奴隷紋とは違う、クレアと同じ奴隷紋がディアベルの胸元に刻まれていた。これで契約完了だ。

「これで主殿と主従の契約を結べたと言う訳だ。末永くよろしく頼む、主殿」

ディアベルがそう言って俺に笑いかけてきた。解放してもよかったのに、進んで奴隷にならなくても良いのになぁ。

次はシャリーの番だ。

彼女はまだ自分一人で生きていくのは難しいので、とりあえず俺が成人まで面倒を見るつもりだ。その後の進路は自分で決めさせよう。

解放奴隷のままだと他人が所有権を主張する場合があるので、ディアベルと同じように再契約する事にした。

「シャリーこれやった事あるよ。凄く痛かったの」

シャリーが物凄く嫌そうな顔をして、インフルエンザの予防接種を嫌がる小学生のようになっている。気持ちはわからないでもないが、ここは我慢してもらおう。

「シャリー、良い子にして我慢できたら、後で美味しいご飯を食べに連れて行ってやるぞ。それにお菓子もつけよう」

「ほんとに!? シャリー頑張る！」

あっさりと食べ物に釣られるシャリー。一瞬この子の将来が心配になってしまった。知らない人について行かないように、ちゃんと教育しておかねば。

シャリーもディアベルと同じ様に上着を脱がせる。うん。幼児体型だ。それ以外に特に感想はない。

刺青の男がさっきと同様、シャリーの胸元に刻まれている百円玉サイズの奴隷紋に手を添えると、段々奴隷紋が淡い光を放ってきた。

「いたいよ～。ごしゅじんさま～」

シャリーが涙目でこっちを見ていたので思わず駆け寄って頭を撫で回してやると、涙目なのは変わらなかったが少し気が紛れたのか、その後は泣き事も言わず、契約は完了した。

「みんなと一緒～」

契約が終わったシャリーがニコニコと笑っていた。意味はわかってないっぽいが、クレア達と同じなのが嬉しいのだろう。

これで晴れて全員、俺の身内となったわけだ。

契約所を後にした俺達は、装備を整えるために装備屋に足を向けた。

王都の装備屋は、コペルの街にあった店に比べると何倍も大きかった。しかも平屋ではなく三階建てで、ちょっとしたデパートのようなものだ。

中に入ると目立つところに案内板が設置してあった。

これによると一階部分は中古の武器防具。二階が新品の武器。三階が新品の防具となっている。装備品の買取も一階でやっているみたいだ。

とりあえずディアベルとシャリーに新品の防具、それに中古でもいいので短剣を二本欲しい。アミル達のご祝儀でそんなに予算に余裕が無いからな。

二人とも俺達と同じ様に革装備にしておいた。

ディアベルが選んだのは赤黒い色の革鎧だ。灰色熊の変異種である赤大熊の革を使っているらしい。強度もそこそこあるし何より軽い。

後衛は素早く動けないといざという時逃げられないから軽さは重要だ。これが金貨六枚。

次にシャリーの鎧選びだが、これが思ったより難航した。

とにかく彼女の小さい体に合うサイズの装備が無いのだ。流石に装備屋も幼女が冒険者になる想定はしていなかったのだろう。

だが店員が必死になって倉庫を漁《あさ》ると、昔小人族相手に少量生産した革鎧が出てきた。

特に染色もされていなくて目立つ装備ではない。だが少し魔力が感知できる。

俺の剣と同様に、何かしらの能力が付与されているのかもしれないな。

こちらは在庫処分価格で金貨一枚に負けてもらった。運がよかった。

次に武器を手に入れるため下のフロアに降りた。そこでは冒険者達が様々な武器を手に取り吟味《ぎんみ》している。客達の中には兵士や商人の姿も見られた。個人で使うのか投資用なのかはわからないが、いずれにしても繁盛しているみたいだ。

ディアベルの選んだ武器は、短剣というほど短くも無く、長剣というほど長くも無い、ちょうど中間の長さの剣だった。

余分な装飾の類は一切無く何の特徴も無い無骨なものだ。

だが振ってみると重心が安定していて凄く振り易い。シンプルだが素晴らしい剣だった。どこかの名工の物だろうか？

ディアベルも気に入ったようでこれを買うことに決めた。金貨五枚。

次はシャリーだ。俺達にとっては短剣サイズでも、体の小さなシャリーには長剣ぐらいの大きさになってしまう。だから彼女が扱いやすい事を第一に武器を選んだ。

彼女が選んだのは小剣。ナイフよりは少し大きいぐらいの剣だった。

それを二振り、二刀流だ。

最初は扱えるのかと心配になったが、素振りをしてみると相性が良かったのか様になっている。

短剣を扱っていた時より機敏に動けているように見えるな。これを買うことにしよう。

しかし二刀流とは意外な才能だった。この子は将来歴史に名を残す剣豪《けんごう》になるかもしれない。

一振りで金貨二枚と銀貨八枚だったが、見事な腕前を披露したシャリーに感心したのか、二振りで金貨五枚に負けてくれた。

後は俺とクレアだ。

俺の方は穴の開いた革鎧を補修に出して、新たに鎧の上から装備できる鉄の胸当てを買うことにした。ちょうどレレーナが装備してるようなのと同じタイプだ。

盾はまだ問題なく使えるから大丈夫として、少し切れ味が悪くなってきた剣を研《と》ぎに出す。

クレアはほとんど負傷していないから鎧の修理は必要ない。

弓の弦《つる》を新しく張り直し、今まで使っていた矢より少し鋭い鏃《やじり》の付いた矢を何束か購入しておいた。これらが全て金貨四枚だった。

大分資金は減ったが、ゴールドランクの俺達ならすぐに稼げる額だろう。明日はいよいよアミルと面接の特訓だ。

‡

アミルにはレレーナと暮らしていた村での家業以外に外で働いた経験が無いらしい。

つまり家事手伝いならぬ家業手伝いなわけで、前世の俺の基準から言えば半ニートだ。

そんな彼が家柄や戦闘力を求められる騎士団に入ろうというのだから、ここは心を鬼にして鍛えてやる必要がある。

俺達が新しく借りた宿の二階の一室に下の酒場から借りたテーブルを運び込み、少し手狭な面接会場を作り上げた。

俺の隣には面接官に扮したディアベルが腰掛ける。クレアは入り口側に立ち、お茶を持ってくる係だ。レレーナとシャリーはベッドの上でおままごとしていた。

そして訓練が始まった。コンコンとノックされたドアは、こちらの返事も待たずに開けられた。

「はい失格」

「えっ⁉」

突然のダメ出しにアミルが呆然としている。こいつ何が駄目なのかもわかってないな。いきなりドアを開けてどうする。駄目な所を指摘してやり直しだ。

一旦部屋を出て行ったアミルはコンコンと再びドアをノックする。よし、今度はすぐに開けたりしないな。

「どうぞ。お入りください」

「失礼します」

一礼してアミルが入室する。良いぞ、学習しているようだな。

ドアを閉めたアミルは部屋を一瞥《いちべつ》すると、つかつかとテーブルの前に来ていきなり椅子に腰掛けた。すかさず俺は極小の火炎球を投げつけてやる。

「あっち！　何すんだよ！」

「それはこっちの台詞だ馬鹿者が！　お掛けくださいと言った後に座らんか！」

「なにも魔法使う事ないだろ……」

なにやらブツブツ言ってるが無視しておこう。座るところからやり直しだ。これは愛の鞭《むち》なのだ。

「椅子に座る時は『本日はよろしくお願いします』ぐらい言えよ。じゃあ続きだ」

「は、はい」

さっきアミルに書かせた簡単な履歴書ならぬ経歴書を差し出して来たので、改めて眺めてみる。字が汚い……？　のかな。俺はこの世界の字は読めるけど美醜《びしゅう》はわからない。そこにはアミルの生い立ちから現在に至るまでの簡単な経緯が書かれてあった。

「え～と、アミル君ね。十八歳か、若いね～」

「お前の方がわか……いえ、何でもありません」

ギロリと睨《にら》んで黙らせる。訓練中は私語厳禁なのだ。無駄口を叩くようなら変なあだ名をつけてやる。今日からお前は微笑み冒険者だ。ドーナツを口に突っ込んでやろうか？

「今まで家業の手伝い以外は働いた経験は無し……か。お前、その歳まで何やってたんだ？」

かけてもいない眼鏡をクイッと上げる仕草をする。何事も形から入らなければならない。

「え？　何って働いたり冒険者してたり……」

「それは働いた内に入らないだろう。しかも幼馴染の女の子と二人で冒険して結婚までするとは……ふざけんなよこのリア充が！」

「リ、リア……なに？」

「主殿、ただの妬《ねた》みになっています」

思わず立ち上がり机を殴りつけると、横に居るディアベルに袖を引っ張られた。いかんいかん。思わず本音が漏れてしまった。

今更ながらアミルの境遇には嫉妬《しっと》の炎が燃え上がる。前世の俺には幼馴染どころか死ぬまで彼女も居なかったと言うのに。クヤシイクヤシイクヤシイ……。

「アミル殿は、なぜ我が騎士団に入団したいと思ったのですか？」

俺が使い物にならないと判断したのか、聞きたかった質問をディアベルが代わりにしてくれた。さすが俺の秘書。的確だな。

もう俺、居なくても良いかもしれない。問いかけられたアミルは椅子に座り直すと背筋を伸ばし、急にハキハキした声で話し出す。

「そうですね。生活のためと言うのも理由のひとつですが、この国に住む人達を守りたいのです。私の住む村は貧しくて魔物の襲撃に悩まされていました。ですがその度に近くの駐屯地《ちゅうとんち》から騎士が来て助けてくれたのです。そんな彼等の姿を見ている内に、今度は私が助ける番に回りたい。そう思ったのです。騎士団を目指したのはそれが一番の理由です」

おお、なんかまともな答えが返ってきた。アミルの事だから上手に嘘をつくなんてのは無理だろう。てことは、これは紛れも無く本心から出た言葉だ。

馬鹿正直と言うか素直と言うか。呆れるぐらい良い奴だなお前は。

「そうですか、わかりました。以上で質問を終わります」

「本日はありがとうございました」

一礼してアミルが退室する。一連の立ち振る舞いを見て思ったが、まあなんとか及第点《きゅうだいてん》てところだろうか。良くはなかったが悪くも無い。

熱意は伝わってきたので、本番でもそれが出来れば上手く行くだろう。


次はお待ちかねの実戦訓練だ。今までアミルとは剣を交わした事が無いから、一度戦ってみたいと思っていたんだ。

宿屋の裏庭でお互いに剣を構える。アミルが構えるのは先日デュラハンが使っていた大剣だ。油断しないでおこう。

「エストと戦うのは初めてだな」

「ああ。良い稽古相手になりそうだろ？」

「お前相手じゃどこまでやれるかわからないが、胸を借りるつもりで全力でやるよ」

ステータス的には俺とアミルでは勝負にならない。だが戦いの勝敗はステータスが優れている者が勝つとは限らないのだ。

それは先日俺がデュラハン相手に証明している。横に立つクレアに頷き開始の合図を頼むと、彼女は心得たとばかりに腕を振り下ろし、鋭い声を発した。

「始め！」

合図と同時に踏み込んできたアミルの一撃を盾でがっちりと受け止める。アミルは真っ赤な顔でそのまま力任せに押し切ろうとしているようだが、俺の腕はピクリとも動かない。

逆にそのまま盾で剣を押し返してアミルの体勢を大きく崩し、次々と剣を打ち込んだ。

アミルはなんとか防御しようと踏ん張るが、俺とアミルでは速度差がありすぎる上に、片手剣と両手剣では手数の差がある。

すぐにさばききれなくなったところに、横合いから強烈な一撃を浴びせる。

アミルが持つ大剣は彼の手を離れて宙を舞った。

「ま、まいった」

しびれる手を押さえて、アミルが悔しげに表情を歪めている。

もう終わったと思ってるのか？　まだ始まったばかりだろう。

俺は再び剣を構え、アミルに語り掛ける。

「何をしている？　さっさと剣を拾って来い。俺から一本取るまで続けるんだよ」

その言葉を聞いたアミルは泣き笑いの表情を浮かべ、剣を構え直した。

結局午前中から夕方まで延々と剣を交わし続けたが、アミルは俺から一本も取れなかった。だが回数を重ねる毎に戦える時間が長くなっていき、最後は互角とは言わないまでもそこそこ立ち会える腕前にはなっていた。

荒い息を吐いて大の字に横たわるアミルに、濡らした手ぬぐいを投げてやる。それを受け取ったアミルは上半身裸になったかと思うと、おっさん臭く顔や全身を拭き始めた。

「まったく、好き放題やりやがって。何度心が折れそうになったか」

「……後悔してるか？」

「いや、逆だよ。お前とそこそこ打ち合えるなら、そこらへんの奴には負けない実力がついたってことだ。本番でも上手くやれそうだ」

「なら良かった」

多少だが本人にも自信が付いたようだ。今日の特訓が無駄に終わらない事を祈ろう。泣いても笑っても明日の本番に賭けるしかない。

‡

試験当日、アミルは王城内にある騎士団専用の兵舎に向かった。城門の入り口で推薦状を提示し、案内された俺達は門をくぐる。

そう、俺達。アミルの試験に同行しているのはレレーナと俺、そしてギルドの職員の三人だ。

なぜアミル以外も居るのかと言えば、これには冒険者ギルドの思惑も絡んでいる。

ギルドの職員は王国側の不正を監視するためにギルド側から派遣されているのだ。対して俺とレレーナは、実技試験には二人まで立ち会いを認められるからついて来た。

これは極度に緊張して実力を発揮できない冒険者が過去に何人もいたらしいので、その対策のために作られた新制度らしい。

入団試験を失格になった冒険者がその後活躍したケースが多かったので、王国側も人材の確保に努めたいという訳だ。俺達にとってはありがたい制度である。

一般的に城に詰めているのは全て騎士と思われがちだが、そんな事はない。

城門の守りや街の巡回などは兵士の仕事であって、騎士がやる事は彼等の監督などが主で仕事としては兵士より多くない。

そして騎士は一般の兵士に対して命令権があり、戦ともなれば騎士一人に兵士数人の小隊で動くこともあるとか。

日本の自衛隊で例えるなら、騎士は幹部候補生。兵士は一般曹候補生と言ったところか。

当然国が潰れない限り将来的にも安泰《あんたい》だし給料もいいしで倍率は高く、滅多に合格するものでも無いようだ。

一緒に来たギルド職員の話によるとゴールドランクの冒険者でも合格率が四割程だとか。なかなか厳しいかもな。

兵舎を訪れると、顎髭《あごひげ》を生やした厳《いか》ついオッサンと、身長の低い小太りのオッサンが出てきた。

どうやらこの二人が試験官らしい。

最初はまず面談と簡単な筆記試験からだ。オッサン達に連れられたアミルは兵舎の中に姿を消す。

「アミル……大丈夫かしら」

「大丈夫だって。あいつはやる時はやる男だ。安心して待ってればいい」

心配そうに見送るレレーナの肩を叩いて、俺達三人は訓練所へと足を運んだ。付き添いはこの場で待つように言われているのだ。

ギルドの職員の話によると、試験内容は一般的な商取引での計算問題で後は作文らしい。

アミルのオツムがどの程度の出来かわからないが、まさか簡単な足し算や引き算を間違えるとも思えないから大丈夫だろう。

しばらくすると、オッサン達を先頭にアミルが戻ってきた。

なんか表情が固いな。上手くいかなかったのか？　俺とレレーナに気がついたアミルが弱々しい笑みを浮かべている。

「試験はまああ出来たよ。ただ面談がな……」

何か嫌な事でも言われたんだろうか？　だが、ここは我慢だぞアミル。

兵舎に隣接している訓練場に来ると、厳ついオッサンの方が刃を潰してある訓練用の剣をアミルに投げて寄越した。

「さあ、早速だがお前さんの腕前を見せてもらおうか」

「お待ち下さい団長！　なにも団長自らが相手をする必要はありますまい。その小僧程度、この私が軽く捻ってご覧に入れます」

髭のオッサン……どうも騎士団長みたいだ。その騎士団長に小太りが異議を唱えた。

ステータスを確認すると騎士団長はレベル48。小太りはレベル20だ。

あれでアミルを軽く捻るとか、その自信は何処から湧いて出てくるんだ？

「だがな、副団長。君の腕前ではこの若者の相手は難しいぞ？」

「そんな事はありません！　このような若僧がゴールドランクに上がるなど、何か不正をしたに決まっています。きっと他のメンバーにおんぶにだっこで付いていっただけでしょう」

カチンときた。一瞬殴ってやりたい衝動に駆られるがなんとか堪える。

何言ってんだこのデブは？　アミルはうちの主力だったんだぞ？　お前程度じゃ戦いにもならないっての。

「そこまで言うなら、最初は君に譲ろう。私はその後だ」

根負けした騎士団長はそう言って小太りに場を譲った。最初はこのデブが相手か。正直何秒もつかってとこだろう。

アミルは無言で剣を構える。少し緊張しているようだが動きに硬さは見られない。大丈夫だ。

「始め！」

騎士団長の発した開始の合図で、小太りがアミル目掛けて駆け出した。ドタドタと音がしそうな遅さで近づき、ハエが止まりそうな速度でアミルに剣を振り下ろす。

アミルは特に避けるつもりも無いらしく、振り下ろされた剣の腹に気合の入った一撃を叩き込んだ。すると小太りの剣はあっさりと持ち主から離れて、少し離れた地面に突き刺さった。

「勝負あり！」

五秒ぐらいか？　実際戦った時間は一秒も無かったような気がする。

小太りは現実を認めたくないのか、武器を失った両手を見ながら何やらブツブツ言っていた。

「ありえない……この私がこんな簡単に……何かズルをしたに決まっている……」

今のを見てまだそんな事言ってるのか。事実より願望を優先させる奴が副団長とか、この騎士団大丈夫なんだろうか？

未だにブツブツ言ってる小太りを押しのけて、今度は騎士団長がアミルと戦うみたいだ。

「その若さで大した腕前だ。これは手加減の必要は無いな」

騎士団長のレベルは48。レベル39のアミルよりかなり高いな。

だが勝率はゼロではないはずだ。俺とあれだけ訓練したんだ、諦めなければいけるぞアミル。

「準備はいいぞ。いつでもかかって来い！」

固唾《かたず》を呑む俺とレレーナが見守る中、覚悟を決めたアミルが騎士団長に突撃した。

一気に踏み込んで騎士団長の間合いに入ると剣を大きく振りかぶる。

初手から得意の『唐竹割り』だ。

空気を切り裂きながら猛烈な勢いで振り下ろされるアミルの剣を、騎士団長は身を捻ってギリギりのところでかわす。

そして隙だらけになったアミルの脇腹に、お返しとばかりに鋭い一撃を放ってきた。

剣を振り下ろした勢いに逆らわず、そのまま前転して攻撃を避けるアミル。だが騎士団長は更に追撃を放ってくる。

一撃を頭を逸らして避け、二撃目を剣で受け流し、三撃目を騎士団長に体当たりする事で防いだ。

「くっ！　くそっ！」

「やるな！　ここまで出来る奴は我が騎士団に何人もいないぞ！」

騎士団長は嬉しそうにアミルを褒めるが、アミルにはそれに答えている余裕は無い。

息つく暇も無く振り下ろされる騎士団長の攻撃を、必死の形相《ぎょうそう》でさばいて反撃の機会を狙っている。

すると、突然騎士団長の攻撃リズムが変わった。今までは速度に任せて放たれていた攻撃が、アミルの防御の意識が薄い部分をあえて狙い出したのだ。

器用な真似をするオッサンだ。太刀筋が別人みたいになっている。

急に攻撃パターンを変えられたアミルは戸惑っていたが、逆にチャンスだと思ったのだろう。騎士団長が作った故意の隙を全力で罠ごと食い破ろうとしたのだ。

「うおおおっ！」

気合の雄叫びと共に放たれたアミルの剣は、騎士団長の胴に吸い込まれたかのように見えた。

だが次の瞬間、下からすくい上げる様な騎士団長の剣がアミルの剣を弾き飛ばす。

あっと思った瞬間にはアミルの首筋に騎士団長の剣が突きつけられていた。

勝負ありだ。

「……まいりました」

悔しそうな表情のアミル。あいつはこれで試験に落ちたと思っているみたいだが、それはどうだろう？　試験の合否条件に、団長との戦いで勝利せよと言う項目は無かったはずだ。

「合格だ、アミル君。いや、アミル！　君は今日から騎士団の一員だ」

鳩が豆鉄砲をくらったという言葉がピッタリな表情でアミルが驚いていた。

レレーナは口元を手で覆って驚いている。

俺はと言えば驚きは無かった。弱いとは言え、副団長を一撃で戦闘不能にする男を不合格にはしないだろう。

「やった！　やったぞレレーナ！　今の見ててくれたか⁉」

「ええ、ええ……ちゃんと見てた……」

アミルがレレーナに駆け寄って抱き上げ、レレーナは感極まって涙を流している。そんな二人は人目も憚《はばか》らずに大騒ぎしていた。

良かったな二人とも。ここまでの苦労が報われたんだ。今は喜びを噛みしめると良い。

今夜は宴会にしよう。俺のおごりでパーッとやるぞ！

喜んでいる二人を騎士団長は微笑みながら見ていたが、彼はふと俺に視線を向けてジロジロと観察し始めた。

止めてくれないかな……男に見られても気持ち悪いだけなんだが。

「立会人の君、君もかなりの腕前のようだな。レベルもアミルに近いようだし、ひとつ腕試しに私と立ち会ってみないか？」

……なんか面倒な事言い出したなこのオッサン。どうやって断ろう……。

「手合わせって言われても、俺はただの付き添いなんで……」

「そうですよ団長殿。ギルドとしても認める訳にはいきません」

面倒事は避けたい俺とギルド職員がそろって抗議するが、騎士団長は何処吹く風だ。

「まあいいじゃないか。ただの遊びだよ。そこまで重く受け取らなくても良いだろう？」

参ったな……ここで拒否するのは簡単だが、せっかく勝ち取ったアミルの採用にケチを付けられてはかなわないし、面倒だが受けておくか。

アミル達が不安そうに見ていたので、何でも無いよと手を振っておく。

大丈夫だ、適当に流して終わらせるから。

アミルが使っていた剣を受け取り、騎士団長と距離を取って対峙する。流石に威圧感があるな。

ちょっとした身のこなしからも彼が剣の達人であるのがわかった。あまり加減すると痛い目見そうだ。

そんな俺の気持ちが伝わったのか、騎士団長はニヤリと笑う。

「言っておくが、手加減などせんようにな?」

……見抜かれてた。これが年の功と言うやつかな。こうなったら覚悟を決めて全力を出すしかない。

相手には俺のレベルと称号までは見えているだろうから、始めから全力で向かってくるはずだ。

「行くぞ!」

騎士団長が猛烈に踏み込んで距離を詰めてきた。なかなか速いが速さだけならクレアの方が上だ。振り下ろされる鋭い一撃を余裕を持って避ける。この程度なら剣で受け止めるまでも無い。

あっさりかわされた事に一瞬驚いた表情を浮かべた騎士団長だったが、気を取り直すと続けざまに剣を打ち出してくる。

アミルが必死で防いだ攻撃も俺相手ではかすりもしない。その事実を確認した騎士団長は、後方に飛び退くと一旦距離を置いた。

「私の攻撃がここまで通用せんとは……まるで私の師と戦っているような気分だな」

結構な歳に見える騎士団長のお師匠さんとなると、もうかなりの高齢じゃないのか? きっと仙人みたいな人なんだろうな。戦いたいとは思わないが。

おっと、いかんいかん。今は戦いに集中しよう。

「はっ!」

再び距離を詰めてきた団長の太刀筋が先程とは変化している。さっきアミルに使ったのと同じパターンか。だがそれは一度見ているから通用しないぞ。

頭上に振り下ろそうとした剣が一瞬動きを止め、掻い潜るように右の脇腹目掛けて放たれた。

だがアミルとの戦いでそれを覚えていた俺は剣の柄《つか》でその攻撃を弾くと、逆に騎士団長の肩を狙って鋭く突きを入れる。

そろそろ俺も攻撃に転じよう。

騎士団長は体を逸らして突きをかわそうとするが、完全には避け切れていない。

鎧の上を俺の剣が滑り、金属同士が擦れ合う不快な音が鳴り響く。

続けて頭を狙って振り下ろした攻撃を何とか剣で防ごうとした団長だったが、圧倒的な力の差で受けた剣ごと鎧の肩にめり込んだ。

「ぐううっ！」

これで勝負ありかと思ったが騎士団長の目はまだ死んでない。続ける気だな。なら遠慮は無用。

俺は一旦剣を引き、振りかぶると真横から力一杯剣を一閃させた。

それを剣で受け流そうとする騎士団長。だがこの一撃は今の俺の全力だ。

相手の目に捉えられない速度に達した剣は、そのまま受けに回った騎士団長の剣を両断して振り抜かれた。

中ほどから綺麗に切り飛ばされた剣の先は、クルクルと回って地面に突き刺さった。

それを見て騎士団長もアミル達も固まっていた。ちょっとやりすぎたか？

呆然とした表情の騎士団長が綺麗な切断面を見せる自分の剣と俺を交互に見る。今起きた事が現実とは思えないのだろう。

「……信じられん。まさかこれ程の腕とは。私がまるで歯が立たないなんて、君は一体何者なのだ？」

「エスト、お前……そこまで強くなってたのか？　俺とやった訓練の時とぜんぜん違うじゃないか」

あれはアミルを成長させるのが目的だったしな。それに、試験前に受験生を潰すような真似は出来ない。

「勝負あり……ですね」

剣を鞘に収めて一礼する。すると、つかつかと俺に近寄った騎士団長が俺の両肩を激しく叩きながら勧誘を始めてしまった。

「君！　どうだろう、君もアミルと一緒に騎士団に入らないか⁉　君ほどの腕なら、すぐに王の目に留まるぞ」

「団長！　何を言われるのですか！　いくら腕が立つとは言え、どこの馬の骨ともわからん平民を……」

「しかしだな、これ程の腕の持ち主を在野に埋もれさせておくなど、宝の損失だと思わないのか？

ここは是非に……」

興奮した騎士団長と副団長が何やら言い争いをしているが、俺にその気は無い。毎日同じことの繰り返しは前世で散々やってきたから、会社勤めはもうたくさんだ。今の気楽な生活を手放す気は毛頭無い。

「お誘いはありがたいんですが、俺にその気はありません。俺には冒険者が性に合ってるんで」

「そうか……残念だ。だが気が変わったらいつでも言ってくれ。君なら歓迎するよ」

騎士団長は残念そうだが、副団長はホッとした表情をしている。

さっきの言動からして、どうも派閥とかありそうだな。アミルが苦労しなければ良いんだが。

とにかくこれで試験は終わってくれた。

トラブルはあったがアミルの仕官が叶った事を祝おう。

‡

宿に戻った俺達はさっそく宴会を始めた。金に糸目を付けず、宿の親父に値段の高い食べ物から順番に持ってこさせる。

次々と並べられる料理に舌鼓《したつづみ》を打ち、美味い酒で胃に流し込む。

滅多に見られぬ大盤振る舞いを興味深そうに眺めていた他の客にも酒をおごってやると、宿の食堂は飲めや歌えの大騒ぎとなった。

誰かが歌い出した調子はずれの歌に笑いが起き、浮かれた名前も知らないオッサンが奇妙な踊りを踊り始める。こっちのMPを減らそうと言う魂胆か？

この大騒ぎの中シャリーはすでに眠っているようで、クレアに背負われて二階の部屋に戻って行った。

ディアベルは出てくる料理を片っ端から平らげている。見かけによらず大食漢だ。

皆思い思いの楽しみ方をしているようだ。

そんな中、酒で顔を赤くしたアミルとレレーナの二人が俺の側にやって来た。

少し真面目な表情をしているので、大体察しはついた。いよいよこの二人ともお別れって訳だ。

コップに水を注いで一気に飲み干すと、二人に向き合った。

「エスト、俺達がここまでこれたのは、全部お前のおかげだ。ありがとう」

「あなたには感謝してるわ。あなたと出会わなければ、私達は今頃ブロンズで燻《くすぶ》っているか、冒険者を諦めて田舎に帰っていたかもしれない」

首を振って否定する。いくらなんでも過大評価ってやつだ。

俺はそこまで大した人間じゃない。強さは変わっても、中身は身内や仲間だけ大事な小市民のままだ。

「俺は切っ掛けになっただけだ。騎士になれたのもゴールドまで上がれたのも、二人の努力の成果ろう。


だ。それは胸を張って良い」

アミルは明日の昼から初出仕が決まっているので、騒げるのは今夜だけだ。俺は湿っぽいのが好きじゃないから、この宴会が別れの挨拶だと二人には言ってある。明日から俺達は王都を出て別の街に向かうつもりだ。だから当分アミル達と再会する事は無いだろう。

差し出された二人の手をがっちりと握り、三人で固い握手を交わす。見れば二人とも涙を流していた。不覚にも俺まで泣きそうになってしまう。

「じゃあな、しっかりやれよアミル！　それにレレーナ、この馬鹿がヘマをしないように、しっかり見ててやってくれ！　二人で力を合わせれば、どんな困難でも乗り越えられるさ。フロアマスターを倒した時みたいにな！」

「ああ、お前も達者でなエスト！　俺に出来る事があったら、いつでも力を貸すぞ！」

「アミルの事は心配しないで大丈夫よ。私がしっかり見ておくから。だから安心して旅に出てちょうだい！」

ああ、約束だ。次に会う時は、お互い今より立派になっているはずだ。

遠く離れていても、二人の耳に入るぐらいの活躍をしてみせる。

だから楽しみにしててくれよ、親友。

人気異世界ファンタジー THE NEW GATE
スマホアプリ絶賛配信中！
THE NEW GATE
ザ・ニュー・ゲート
スタートダッシュキャンペーン
開催中!!!
ゲームを始めるだけで豪華アイテムをプレゼント！
大迫力の
本格バトルRPG
ここに開幕——！
【Android】Google Play
【iOS】App Store
でダウンロード！
公式サイトは
こちら
http://game.the-new-gate.jp/
hinogi Kazanami ©AlphaPolis Co., Ltd. キャラクター原案: 魔界の住民・三輪ヨシユキ

とあるおっさんのVRMMO活動記
PCオンラインゲーム
絶賛サービス中!
ワンモアフリーライフオンライン
とあるおっさんのオンライン活動記
上級クラス実装で
新たな展開へ!
キャラクター固有のスキルを自由に組み合わせ、
自分だけのコンビネーションを繰り出そう!
詳しくは http://omf-game.alphapolis.co.jp/ へアクセス!
©2000-2016 AlphaPolis Co.,Ltd. All Rights Reserved.

悪役お坊ちゃんの
異世界救済ファンタジー、開幕!

元銀行員のニート青年が、とあるゲームを攻略後に突然死する。直後、彼の元に現れた女神が明かしたのは、そのゲームは異世界の未来を予見して作られたということ、そして、クリア後に訪れる本当のエンド——ヒロインたちに振り回され、勇者が異世界を滅ぼすという絶望の未来だった。女神の願いを受け、異世界救済を決意した彼は、ゲームの鬼畜キャラ、悪役貴族リトネに転生。金融知識、現代の不要品召喚能力を武器に、滅びの運命に立ち向かう!

◉各定価：本体1200円+税　◉Illustration：伊吹のつ

異世界で手にした一冊の本が
青年を無敵にする

累計7.5万部突破!

ットで大人気！本好き青年の異世界
バトルファンタジー、開幕！

幸にも事故死してしまった本好き高校生・陵陵《ミササギリョウ》。神様の
まぐれで、異世界へと転生した彼に与えられたのは、世
中に散らばった〈神製の本〉を探すという使命と、一冊
古ぼけた本――あらゆる書物を取り込み、万物を具現化
きるという「無限召喚本《チート》」だった。ファンタジー世界の
識を無視するような強力な武器を次々と具現化して、思
がままに異世界を蹂躙するミササギ。そしてとある魔物
隠し持っていた〈神製の本〉と対面したことで、彼の運
は思わぬ方向へと動き出す――

1～6巻好評発売中!

定価：本体1200円＋税　illustration：前屋進

ReBirth《リバース》 上位《じょうい》世界《せかい》から下《か》位《い》世界《せかい》へ

2016年11月1日初版発行

著者：小林 誉（こばやし たかし）

兵庫県出身、O型。趣味はツーリングやゲーム、たまに駄菓子の大人買い。本作『ReBirth 上位世界から下位世界へ』をネット上で執筆し多くの支持を獲得、2016年10月出版デビューに至る。

イラスト：海鵜げそ

http://www.welsys.com/commacomma/

本書は、「小説家になろう」（http://syosetu.com/）に掲載されていたものを、改稿のうえ書籍化したものです。

編集－宮本剛・太田鉄平
編集長－塙綾子
発行者－梶本雄介
発行所－株式会社アルファポリス
〒150-6005東京都渋谷区恵比寿4-20-3恵比寿ガーデンプレイスタワー5F
TEL 03-6277-1601（営業）03-6277-1602（編集）
URL http://www.alphapolis.co.jp/
発売元－株式会社星雲社
〒112-0005東京都文京区水道1-3-30
TEL 03-3868-3275
装丁・中面デザイン－ansyyqdesign
印刷－中央精版印刷株式会社
価格はカバーに表示されてあります。
落丁乱丁の場合はアルファポリスまでご連絡ください。
送料は小社負担でお取り替えします。

ISBN978-4-434-22599-4 C0093
